L'étonnant voyage de Maureen Fry

Du même auteur

La lettre qui allait changer le destin d'Harold Fry arriva le mardi…, XO Éditions, 2012 ; Pocket, 2013.
Deux secondes de trop, XO Éditions, 2014 ; Pocket, 2015.
La Lettre de Queenie. Tout ce qu'elle n'a pas pu dire à Harold Fry, XO Éditions, 2015 ; Pocket, 2016.
Si on dansait…, XO Éditions, 2018 ; Pocket, 2019.
L'Inoubliable Voyage de Miss Benson, XO Éditions, 2021 ; Pocket, 2023.

Illustrations du texte : Andrew Davidson

Première publication en Grande-Bretagne en 2022 par Doubleday,
une marque de Transworld Publishers

Pour la version originale :
Titre original : *Maureen Fry and the Angel of the North*

ISBN : 978-2-37448-547-8

Rachel Joyce

L'étonnant voyage de Maureen Fry

Traduit de l'anglais
par Cécile de la Rochère

Roman

XO EDITIONS

Pour Susanna

Ce cadavre planté par toi
l'an dernier dans ton jardin,
*A-t-il levé ? Fleurira-t-il cette année ?**

T. S. Eliot, *La Terre vague*

J'ai cru voir un ange vêtu d'une robe
azur traverser la pelouse
jusqu'à moi, mais ce n'était
que le ciel bleu traversant
le plumeau des branches du tilleul.

Francis Kilvert, *Journal*,
21 juillet 1873

* Traduction de Michel Vinaver, *Poésie*, n° 31, 1984.

1

Voyage d'hiver

Il était trop tôt pour qu'on entende le chant des oiseaux. Harold dormait à côté de Maureen, les deux mains sur la poitrine, l'air si apaisé qu'elle se demandait où son sommeil l'avait mené. Sûrement pas là où elle avait décidé d'aller : si elle fermait les yeux, elle ne voyait que des travaux de voirie. « Dieu du ciel, se dit-elle. C'est mauvais signe. » Le jour n'était pas encore levé, elle sortit du lit, retira sa chemise de nuit et mit son joli chemisier bleu avec un pantalon confortable et un cardigan.

— Harold ? murmura-t-elle. Tu es réveillé ?

Il ne bougea pas. Elle prit ses chaussures et referma discrètement la porte de la chambre. Si elle ne partait pas maintenant, elle ne le ferait jamais.

Elle alluma la bouilloire, et pendant que celle-ci chauffait, changea l'eau des soucis et passa un coup de chiffon à droite et à gauche. « Maureen », dit-elle tout haut, car elle était lucide. Elle avait conscience de gesticuler, même si ses mains s'activaient machinalement. En fait, elle ne faisait que brasser du vent. Elle prépara une thermos de café instantané, plusieurs sandwichs qu'elle enveloppa dans du film alimentaire, et écrivit un mot pour Harold. Puis un deuxième : « Mugs ! », et un troisième : « Casseroles ! » Si bien que deux secondes plus tard la cuisine était tapissée de Post-it comme autant de signaux d'alarme jaune fluo. « Maureen », dit-elle à nouveau, et elle les retira tous. « Vas-y maintenant. » Elle accrocha la canne de bois d'Harold sur une chaise qu'il ne pouvait pas manquer, glissa la thermos et les sandwichs dans le sac qu'elle emportait, mit ses chaussures de conduite et son manteau le plus chaud, prit sa valise et sortit : une matinée magnifique s'annonçait. Le ciel était clair et parsemé d'étoiles et la lune lui fit penser à la tache blanche d'un ongle. La maison de Rex, leur voisin, était la seule à être éclairée. Les oiseaux étaient toujours muets.

Il faisait froid, même pour un mois de janvier. Les dalles de guingois avaient gelé pendant la nuit et elle dut s'agripper à la rampe. Le verglas avait recouvert les ornières entre les pierres, et le petit jardin de devant était un vaste buisson d'épines de glace. Elle mit le contact pour réchauffer la voiture, le temps de dégager les vitres en grattant. Le givre était râpeux, tel un rouleau de papier de verre s'étendant à perte de vue, jusqu'aux lampadaires de Fossebridge Road. Il n'y avait pas âme qui vive. Évidemment, c'était dimanche. Elle agita la main en passant devant chez Rex, au cas où il serait réveillé, mais rien de plus. Elle partait.

Les camions de sablage avaient déjà remonté Fore Street, et le sel formait une succession de petits tapis roses jusqu'au sommet de la colline. Elle roulait vers le nord et passa devant la librairie puis devant plusieurs magasins fermés, mais elle regardait droit devant elle. Il y avait longtemps qu'elle n'avait pas pris la rue principale. Ces jours-ci, Harold et elle se déplaçaient surtout sur Internet, et pas seulement à cause de la pandémie. Peu à peu, la rangée paisible de boutiques se transformait en une file de maisons à peine éclairées. À leur tour, celles-ci se muaient en un grand vide noir cachant la station-service, fermée elle aussi. Elle aperçut la bifurcation qui menait au crématorium où elle allait une fois par mois et continua tout droit. Enfin, elle y était : seule au volant. Mais elle n'éprouvait pas d'angoisse particulière. Elle avait même l'impression inattendue d'avoir pris la bonne décision. Harold avait eu raison.

« Tu dois y aller, Maureen », avait-il insisté. Elle avait prétexté toutes sortes d'excuses pour ne pas le laisser seul, jusqu'au jour où elle avait accepté. Elle lui avait proposé de lui montrer comment mettre en route le lave-vaisselle et le lave-linge parce qu'il lui arrivait d'hésiter face aux boutons, puis elle avait écrit les instructions sur un bout de papier.

« Tu es sûr ? lui avait-elle demandé, encore une fois, quelques jours plus tard. Sûr et certain que je dois y aller ?

— Sûr et certain. » Il était assis dans le jardin pendant qu'elle ratissait des feuilles mortes. Il avait boutonné son manteau de travers, si bien que la moitié gauche de son corps semblait dériver par rapport à la moitié droite.

« Qui va s'occuper de toi ?

— Je me débrouillerai.

— Très bien, mais les repas ? Il faut que tu manges correctement.

— Je peux demander un coup de main à Rex.

— Pas question. Il est encore plus empoté que toi.

— Tu as raison. On est deux vieux schnocks ! »

Il avait souri. Mais son sourire exprimait une telle plénitude qu'Harold lui manquait même quand elle était avec lui. Elle avait déposé son râteau, était allée vers lui et avait reboutonné son manteau correctement. Il s'était laissé faire patiemment, fixant sur elle ses yeux bleu faïence. Personne ne l'avait jamais regardée comme Harold la regardait. Elle avait caressé ses cheveux, du bout des doigts il avait rapproché son visage du sien et l'avait embrassée.

« Maureen, tu n'auras pas la conscience tranquille tant que tu ne feras pas le déplacement, avait-il dit.

— Tu as raison. Je vais y aller. Cette fois-ci, plus rien ne peut m'arrêter ! À un détail près, si tu me permets : pas à pied. Je choisirai un moyen plus classique. Je prendrai la voiture. »

Ils avaient ri parce qu'ils savaient qu'elle faisait ce qu'elle pouvait pour se rassurer. Elle avait recommencé à ratisser tandis qu'il prolongeait sa contemplation du ciel. Mais le silence pesait, lourd de tout ce qu'elle était incapable d'exprimer.

Elle était donc là, sur la route, pensant à Harold alors qu'elle s'éloignait de lui. La veille, il avait nettoyé ses chaussures de conduite avant de les déposer au pied de la chaise où elle rangeait ses vêtements. « Je te promets que je ne te réveillerai pas », lui avait-elle dit au moment où ils s'étaient couchés en se souhaitant une bonne nuit. Il avait pris sa main dans la sienne jusqu'à ce qu'il s'endorme et elle s'était blottie contre lui en écoutant les battements réguliers de son cœur pour absorber un peu de son calme.

La route avait beau être déserte, Maureen conduisait lentement. Chaque fois qu'une voiture apparaissait en face, les phares allumés, elle avait le temps de se ranger sur le côté, puis les deux voies étaient de nouveau sombres, à peine animées par les haies et les arbres qui défilaient. Peu après, elle déboucha sur une voie express à son grand soulagement, car la route était plus droite, plus large et encore peu encombrée – à part quelques camions garés sur les aires de stationnement. Malheureusement, plus elle approchait d'Exeter, plus il y avait des travaux comme ceux qu'elle avait anticipés en rêve et elle commençait à perdre le fil des déviations. Elle avait quitté l'A38 et enchaînait les bretelles et les rues résidentielles ponctuées par des ronds-points. Elle conduisait depuis unc vingtaine de minutes quand elle découvrit qu'elle était à la lisière d'une cité. Les panneaux de déviation jaune avaient disparu. Un paysage d'immeubles et d'arbres grêles émergeant entre des dalles se dressait face à elle. Il faisait encore nuit.

« Ah, je comprends ! s'exclama-t-elle. Formidable. » Non seulement elle parlait toute seule, mais elle avait pris l'habitude de s'adresser au silence, comme s'il était une personne qui s'ingéniait à lui compliquer la vie. Plus le temps passait et moins elle arrivait à distinguer ses pensées de ses paroles.

Elle longea de nouveaux immeubles, de nouveaux arbustes, des voitures garées un peu partout et des camionnettes de livraison qui commençaient leur tournée, mais rien, aucun panneau n'indiquait l'A38. Elle tourna pour prendre une longue voie de service parce qu'elle avait aperçu une rangée de lampadaires brillants au bout, mais elle se retrouva au fond d'un cul-de-sac avec un immense dépôt sur sa gauche, entouré de clôtures hérissées de barbelé et de plusieurs portails ouverts.

Elle se gara et sortit sa carte, mais elle ne savait ni où regarder ni comment se repérer. Elle prit son portable, mais ça aussi, c'était inutile. Harold devait encore être en train de dormir. Il lui aurait sûrement conseillé de demander à quelqu'un, parce que c'est ce qu'il aurait fait à sa place. Mais si elle avait décidé de prendre leur voiture, c'était justement pour ne pas avoir affaire à des inconnus. « Allez, s'encouragea-t-elle. Tu vas y arriver. » Oui, elle prendrait la carte et ferait comme Harold. Elle irait demander de l'aide au dépôt.

Elle sortit de la voiture et fut saisie par la morsure du froid contre son visage, ses oreilles, même les parois intérieures de son nez. Elle traversait le parking quand elle entendit le déclic des lampes de sécurité qui s'allumaient sur sa gauche et sa droite ; elle fut aveuglée. Elle finit par discerner la lumière d'une guérite en préfabriqué, à gauche du bâtiment principal, mais elle avançait prudemment, les bras tendus pour ne pas perdre l'équilibre. Ses chaussures de conduite étaient plates, en daim, avec une boucle au-dessus et des semelles antidérapantes ; elles étaient parfaites sur les trottoirs mouillés, mais sur des plaques de verglas elles ne servaient à rien. Elle aperçut des affiches avec des photos de chiens signalant que la zone était régulièrement patrouillée et elle eut peur – pourvu qu'ils ne lui sautent pas dessus. Un jour, quand elle était petite, le fermier du coin avait laissé ses chiens en liberté. Elle avait encore une petite cicatrice sous le menton.

Elle frappa à la fenêtre de la guérite. Le gardien de nuit dormait. Il était jeune, recroquevillé sur une chaise de camping, la tête entourée d'un turban écrasé contre le mur, la bouche grande ouverte et les jambes largement étalées. Elle frappa un peu plus fort en ajoutant :

— S'il vous plaît !

Le gardien sursauta et se frotta les yeux. Quand il se leva de sa chaise, elle eut l'impression qu'il se dépliait et grandissait devant elle. Il était tellement grand qu'il dut se baisser pour arriver à la vitre, et mit son masque au dernier moment. Il avait une barbe brune épaisse, une carrure de boxeur, et des mains tellement larges qu'il eut du mal à défaire le loquet de la fenêtre. Il l'ouvrit en le glissant, puis se tordit le cou de côté et cligna des yeux en la dévisageant.

— Je vais être franche. Je suis perdue. Je cherche à rejoindre la M5, mais à cause des travaux sur l'A38 j'ai pris la mauvaise direction.

Elle parlait plus fort qu'elle ne l'aurait voulu, parce que la fenêtre était en hauteur, et parce qu'elle avait peur qu'il ne comprenne pas. En plus, elle n'avait aucune envie de reconnaître qu'elle s'était trompée. Elle connaissait parfaitement la route, non ?

Il continuait à la dévisager, comme s'il avait du mal à se réveiller. Jusqu'au moment où il lui demanda :

— Vous êtes perdue ?

— À cause des travaux. Normalement, je connais le chemin. Je n'ai aucun problème, normalement. Je cherche à joindre la M5.

Voilà que ça lui reprenait : elle criait.

Le gardien recula pour ouvrir la porte sur le côté. Mais comme elle ne savait pas ce qu'il attendait d'elle, elle resta sur place. Elle pensait aux chiens.

— Entrez, l'entendit-elle lui proposer.

Vite, elle mit son masque et fit le tour.

Une fois dans la guérite, elle fut impressionnée : le jeune gardien paraissait encore plus grand. Maureen arrivait à peine à la hauteur de sa poitrine. Il était debout, le cou de côté, le corps penché en avant comme s'il cherchait à se rapetisser. Même ses chaussures – deux gros godillots noirs comme ceux qu'on imposait aux enfants pour leur corriger les pieds – semblaient manquer d'espace. Soudain elle comprit pourquoi il s'était assoupi. Il y avait sous la fenêtre un vieux foyer électrique qui dégageait un rayon de chaleur orangée. Il avait dû rôtir à la broche en commençant par les chevilles. N'importe qui s'endormirait à côté d'un truc pareil. Maureen réprima un bâillement.

— Vous ne devriez pas crier devant des inconnus que vous êtes perdue. C'est risqué. Ils pourraient abuser de vous.

Son anglais était parfait. Il avait même un accent du Devon. Et voilà. Une fois de plus, elle avait tout faux.

— Je doute que quelqu'un ait envie d'abuser de moi.

— On ne sait jamais. Les gens sont bizarres.

— Vous avez raison. Mais vous, vous pourriez me donner un coup de main ?

— Ouais. Pourquoi pas ? Je vais voir.

Il pianota sur son portable pour entrer deux ou trois informations et le lui tendit. Elle n'était pas plus avancée : c'était une carte, mais illisible. Il lui montra où elle se trouvait exactement et lui indiqua toutes les routes qu'elle devait prendre pour rejoindre la M5.

— Vous voyez ?

— Non, dit-elle. Je ne vois pas. Pas du tout. Je ne comprends rien.

— Comment ça ?

Je ne sais pas. C'est juste que je ne comprends pas.

— Vous avez un GPS ?

— La voiture a un GPS, oui, mais je ne m'en sers jamais.

Il avait l'air perplexe, sauf qu'elle non plus ne pouvait pas faire grand-chose pour lui. Le fait est qu'elle avait coupé le GPS. Elle ne supportait pas d'entendre cette petite voix mielleuse lui donner des instructions pour lui dire au dernier moment qu'elle avait raté le virage. Maureen appartenait à une génération qui avait grandi avec un téléphone sur la table de l'entrée et une carte routière dans la boîte à gants. Même les achats en ligne lui demandaient un effort. Elle se retrouvait avec vingt citrons au lieu de deux, ce genre d'erreurs.

— Vous vous en souviendrez si je vous explique ?

— Ça m'étonnerait.

— Dans ce cas-là, je renonce. Qu'est-ce que vous attendez de moi ?

— Que vous me lisiez les indications de votre portable. Je vais les noter sur un bout de papier. Ça me permettra de retrouver mon chemin.

— Ah, très bien, fit-il.

Il caressa sa barbe et aligna ses pieds, comme s'il lui fallait une nouvelle position pour remplir la mission dont elle l'avait chargé.

— Je vois. Pas de souci.

Prenant son mal en patience, il lui expliqua qu'il fallait qu'elle aille au bout de la route, tourne à gauche, prenne à droite, la deuxième sortie au rond-point… Elle écrivait scrupuleusement tout ce qu'il lui disait sur une feuille qu'il avait arrachée à un carnet. À chaque nouvelle étape, il faisait une pause pour lui donner le temps de bien la noter. À la fin, elle avait douze indications, soigneusement numérotées.

— Vous savez où vous allez après ?

— Oui, dit-elle en lui montrant la destination sur sa carte.

— C'est pas tout près.

— Je sais.

— Au moins, vous êtes sûre d'être dépaysée.

— Je n'y vais pas pour être dépaysée. Tout ce que je veux, c'est y arriver.

— Vous connaissez la route après la M5 ?

— Oui.

— Y compris le numéro des sorties ?

— Je crois, oui.

Il la dévisagea un moment sans rien dire. Elle avait l'impression qu'il ne la croyait pas.

— Pourquoi vous ne les notez pas ? demanda-t-il soudain. Ça vous évitera de vous perdre sur l'autoroute.

Il rapprocha son téléphone de son visage, louchant légèrement, et commença à lire les numéros de sorties de l'autoroute et les directions à suivre. Sa voix ne trahissait aucune irritation. Au contraire, on aurait dit qu'il avait peur de se tromper et d'égarer Maureen. Il secouait la tête comme s'il avait du mal à croire qu'elle puisse parcourir une telle distance, seule au volant, et en une journée.

— C'est au diable vauvert, répétait-il.

— Merci, dit-elle quand il eut terminé. Je suis désolée de vous avoir réveillé.

— Pas de problème. Je ne suis pas censé dormir.

Comme il devait sourire derrière son masque, elle lui sourit à son tour.

— Vous êtes très serviable.

— Hum…

Il glissa les mains dans ses poches et se retourna pour regarder par la fenêtre. Elle était toujours d'un côté de la guérite, lui de l'autre, mais leurs reflets se détachaient contre l'obscurité du dehors, telles deux silhouettes transparentes, lui si grand, et elle si menue, soignée, avec un casque de cheveux blancs.

— C'est rare qu'on me dise ça, lâcha-t-il.

Une honnêteté à laquelle elle ne s'attendait pas. Elle aurait aimé dire quelque chose pour le mettre à l'aise – elle aurait aimé en être capable, ne serait-ce que pour partir sans avoir l'impression de s'esquiver. Mais elle n'y arrivait pas. Elle était incapable de trouver le mot juste. De produire une étincelle de bonté. Les gens imaginaient qu'on pouvait se comprendre, mais c'était faux. Personne ne comprenait la peine ni la joie des autres. Les gens n'avaient rien de transparent.

Maureen pinça les lèvres. Le jeune gardien semblait triste, fixant du regard un point, ou le vide. Le silence se prolongeait. Elle baissa les yeux vers ses godillots : noirs, lourds, dégageant la gravité de quelqu'un qui se donne un mal fou.

— Bon, dit-il. Ça devrait bien se passer maintenant.

— Oui.

— Vous vous appelez comment ?

— Mrs. Fry.

— Moi, c'est Lenny.

— Au revoir, Lenny.

— Ravi d'avoir fait votre connaissance, Mrs. Fry. Mais ne criez pas sur tous les toits que vous êtes perdue. Et soyez prudente au volant. Il fait un froid de canard.

— Je vais voir notre fils.

Elle tourna les talons, remonta dans sa voiture et fit demi-tour avant de rejoindre la route principale.

2

L'invité du monde

Dix ans plus tôt, Harold était parti voir le monde seul, sans Maureen. Il était sorti poster une lettre à son amie Queenie, mourante ; mais au dernier moment il avait décidé d'aller la voir à pied, à huit cents kilomètres de chez eux. En route, il avait rencontré toutes sortes de gens. Renoncé à son porte-monnaie et dormi à la belle étoile. Son histoire avait même fait la une des journaux et lui avait valu quelques heures de célébrité. Abandonnée chez elle, Maureen avait vécu un autre type de voyage, fort différent de ceux que l'on raconte en rentrant chez soi ou au cours desquels on envoie des cartes postales à ses proches. Elle était restée sur place. Harold avait traversé toute l'Angleterre à pied pour se rendre au chevet d'une femme avec qui il avait travaillé ; pendant ce temps-là, Maureen nettoyait l'évier de la cuisine. Et quand l'évier était propre, elle montait à l'étage et cirait consciencieusement les meubles de sa chambre. Tout était bon pour s'occuper, y compris quand il n'y avait plus rien à faire. Il lui arrivait même de laver du linge qui n'était pas sale, sous prétexte qu'il n'était pas impeccable. Sans compter les jours – mais là encore, personne d'autre qu'elle ne le savait – où elle n'imaginait même pas pouvoir sortir de son lit le matin. Les jours où elle rampait plutôt qu'elle ne marchait jusqu'à la cuisine et fixait pendant des heures le lave-linge et l'évier, en se demandant pourquoi elle s'acharnait à briquer et à frotter, puisque cela ne changeait rien à rien. Elle se sentait tellement seule qu'elle ne savait plus où poser son regard ni à quoi penser. Elle n'était même pas sûre qu'Harold rentrerait. La panique qui la saisissait lui était inconnue et la terrifiait.

Mais c'était du passé. Elle n'aimait pas parler de cette période. Elle savait que leur histoire paraissait triste alors qu'elle ne l'était pas. Il y avait quand même pire dans la vie. Harold avait fini par arriver chez Queenie. Et Maureen elle-même avait traversé tout le pays pour épauler Harold au moment où Queenie vivait ses dernières heures. Ils étaient ensuite rentrés chez eux et avaient repris leur vie à deux. Maureen l'avait dorloté jusqu'à ce qu'il se remette de ce deuil : elle lui préparait les petits plats qu'il adorait quand ils étaient jeunes mariés, elle soignait les ampoules et les blessures de ses pieds qu'elle était seule à connaître. C'est vrai qu'au début ils étaient gênés de s'allonger l'un à côté de l'autre, parce qu'ils avaient pris l'habitude de ne pas dormir ensemble. Elle se souvenait de la timidité avec laquelle, un soir, il l'avait appelée « mon amour », comme s'il avait craint qu'elle ne lui éclatât de rire à la figure. Elle n'avait pas ri. Elle avait adoré.

Tous les jours, ils allaient se promener sur les quais et il l'écoutait lui parler des nouvelles plates-bandes de légumes et des aménagements qu'elle envisageait pour leur maison. Çà et là, des gens s'arrêtaient pour lui serrer la main parce qu'ils avaient entendu parler de son aventure, et elle attendait, en se tenant légèrement à l'écart, sans savoir quelle contenance adopter, à la fois fière et étonnée de voir l'aisance qu'il avait acquise. Il avait soixante-quinze ans, elle en avait soixante-douze : leur mariage avait franchi une étape et il était arrivé à bon port, dans une petite crique qui n'appartenait qu'à eux. De temps en temps, Harold recevait une carte d'une des femmes avec qui il avait fait une partie de son voyage – Kate –, mais Maureen l'écartait de son esprit et ils reprenaient leur vie paisible. Et puis, cinq mois plus tôt, ils avaient reçu d'autres nouvelles en rapport avec Queenie. Une fois de plus, cette femme était de retour dans leur vie.

Le jour commençait à se lever. Les indications de Lenny étaient très claires. Maureen retrouva sans difficulté l'A38, qui longeait des éminences de terre faisant penser à des tumulus, avant de rejoindre la M5. À l'est, la nuit n'était plus vraiment obscure et l'horizon s'ourlait de rose et d'or, couronné par une Vénus rayonnante. Différentes silhouettes semblaient renaître à la vie. Les contours crénelés des arbres. Des ombres noires qui devaient être des pylônes. Des dépôts, des hangars. Une forme immobile au bord de la route – le cadavre d'un blaireau ou un muntjac. Les plaques de verglas reflétaient la lumière naissante, telles les pièces d'un vitrail, mais plus loin, la terre était toujours aussi plate, sombre et déserte. Maureen pensait à Harold qui devait encore dormir. Plus tard, comme tous les matins, il descendrait pieds nus à la cuisine et ouvrirait la porte de derrière pour observer le ciel. Il pouvait passer des heures à contempler le ciel. Il évitait alors de mettre sa montre, parce qu'il préférait ne pas être contraint par le temps. Ses jambes ne lui permettaient plus d'aller jusqu'au bout de la route, encore moins jusqu'aux quais ; mais les bons jours, il pouvait arroser les parterres de légumes et se laissait ravir par l'arc d'eau argentée qui finissait par former une jolie flaque sur la terre ; ou alors, Rex et lui sortaient leur jeu de dames et faisaient quelques parties en parlant de tout et de rien. Mais ce qu'il préférait, c'était s'asseoir au bord du patio et observer les oiseaux. Parfois Maureen était légèrement agacée par son attitude, mais elle se rendait compte que l'impatience qu'elle éprouvait n'avait pas lieu d'être. Au moins, il était heureux, en sécurité. En bonne santé. C'était déjà ça. Il ne perdait pas la tête, même s'il donnait l'impression de la désencombrer des éléments dont il n'avait plus besoin.

Maureen mit son clignotant à gauche et s'engagea sur une rocade. La circulation était de plus en plus dense et commençait à l'angoisser. Comme elle conduisait trop lentement, les camions la rattrapaient, pleins feux, et la doublaient à toute vitesse en soulevant des gravillons. Cullompton. Tiverton. La silhouette effilée du monument de Wellington au sommet des Blackdown Hills. Taunton. Elle se souvint d'une femme slovaque qui vivait là, à Taunton, et qui avait aidé Harold ; quelques années plus tôt, celle-ci l'avait contacté pour lui annoncer qu'elle était expulsée. Harold en avait été très affecté. Rex avait essayé de persuader les gens autour d'eux de signer une pétition, mais en vain. Il s'était retrouvé avec trois feuilles de signatures qui se ressemblaient toutes. « En un mot comme en cent, Mrs. Fry, cette femme n'a rien à faire ici », avait déclaré un voisin à Maureen. Un autre disait qu'il n'était pas xénophobe et n'avait rien contre cette femme, mais que chacun devait rester chez soi. C'était une autre époque, bien sûr, une époque où elle n'avait pas honte de se montrer dans la rue principale.

Le soleil se levait et se déployait au-dessus de la terre gelée, baignant le paysage entier, jusqu'aux mouettes et aux voitures, d'une lueur rouge géranium. La lune n'avait pas encore disparu, on aurait dit un fantôme de craie hésitant à s'en aller. À la hauteur de Bridgewater, Maureen reconnut la statue de Willow Man, un géant qui semblait marcher vers le sud à grands pas, les bras tendus comme des nageoires. Puis elle passa sous un pont sur lequel étaient tagués des slogans antivax. *Fake news. Fake virus.* L'Angleterre n'était plus la même depuis qu'Harold l'avait traversée à pied. Quand il racontait une anecdote à propos de quelqu'un qu'il avait rencontré ou évoquait une perspective qui l'avait frappé, Maureen l'écoutait comme si elle regardait un film les yeux fermés, incapable de convoquer les bonnes images. Il n'y avait plus que des autoroutes rectilignes et Uber. On payait avec son téléphone et on était prié de se tenir à distance les uns des autres. Sans parler des podcasts, du lait d'avoine, de la viande végétale et de tout ce qui circulait en ligne. Si vous cherchiez un coin de nature foisonnant de primevères, il y avait de fortes chances pour que vous tombiez sur un masque usagé pris dans les feuilles. Dix ans plus tôt, jamais elle n'aurait imaginé tous ces changements.

Elle alluma la radio ; la station diffusait un reportage sur un acteur célèbre qui, pour alimenter son compte Instagram, prétendait avoir été la cible d'un déséquilibré qui voulait sa peau. Elle éteignit aussitôt. Les gens attendaient trop du monde.

Je veux être l'invité du monde.

Soudain cette phrase lui revint en mémoire. Elle était de son fils, mais cela faisait des années qu'elle n'y avait pas pensé. Il devait avoir six ans, pas plus. Il avait plongé dans les siens ses grands yeux bruns, empreints d'une tristesse insondable à laquelle elle n'avait pas accès.

« Qu'est-ce que tu veux dire ? avait-elle réagi.

— Chais pas.

— C'est parce que tu as envie d'un biscuit ?

— Non.

— Alors de quoi tu as envie ? D'être invité à un anniversaire ?

— J'aime pas les anniversaires.

— Tout le monde aime les anniversaires.

— Pas moi. J'aime pas les jeux. J'aime que le gâteau et les pochettes-surprises.

— Alors qu'est-ce que tu veux dire ?

— Chais pas. »

Elle était bouleversée. Tout chez David lui brisait le cœur. Son regard si sérieux, sa démarche lente, sa façon de se tenir à l'écart des autres enfants.

« Pourquoi tu ne vas pas jouer avec eux ? lui demandait-elle quand ils étaient au parc. Ils ont l'air gentils. Je suis sûre qu'ils voudraient jouer avec toi.

— Ça va, merci, répondait-il. Je préfère rester avec toi. À mon avis, ils ne vont pas m'aimer. »

Elle sentait bien, à l'époque déjà, qu'il savait parfaitement ce qu'il disait quand il déclarait vouloir être l'invité du monde : il attendait simplement qu'elle le rattrape. Depuis toujours, elle n'avait fait que courir derrière son enfant. Et c'était encore le cas aujourd'hui.

Soudain Maureen eut une sorte d'étourdissement. Comme le mal de mer. Il lui fallait un café et des toilettes.

3

Un œuf au plat

La serveuse lui dit qu'elle pouvait boire le café de sa thermos, à condition qu'elle aille consommer quelque chose au comptoir. Maureen, puisqu'elle était déjà installée à une table, demanda à la serveuse si elle ne pouvait pas prendre sa commande sur place, mais celle-ci lui répondit que ce n'était pas possible. Il était encore tôt. La cafétéria de la station-service était vide, à part Maureen et un vieil homme dont les mains tremblaient chaque fois qu'il prenait sa tasse. De l'autre côté du Fresh Food Café, une femme en hijab était en train de passer la serpillière, tandis qu'une autre ouvrait les volets d'un magasin.

— Qu'est-ce que ça peut faire que vous preniez ma commande ici ou au comptoir ? demanda Maureen. Donnez-moi le menu, je vais choisir.

La serveuse répondit qu'ils n'avaient pas de menu, pas au sens strict, que de toute façon elle n'était pas là pour prendre les commandes. Elle portait un haut noir informe avec un petit lapin en sequins sur la poitrine. Elle avait les ongles rongés, et des cheveux gras et ternes. La seule chose qui l'égayait un peu était le lapin.

— C'est idiot, répliqua Maureen. Vous êtes debout devant moi. Pourquoi vous ne pouvez pas prendre ma commande ?

— J'étais en train de nettoyer la table, répondit la serveuse en y vaporisant du désinfectant comme preuve de ce qu'elle avançait. Je n'ai pas le droit de vous servir hors du comptoir. Ça fait partie du nouveau règlement.

Maureen se leva et la suivit jusqu'au comptoir, mais elle se retrouva à attendre derrière une famille de cinq personnes qui venait de débarquer et parcourait la carte des cafés avant de commander des énormes boissons qui n'avaient rien à voir avec du café. Quand son tour arriva, la serveuse lui énuméra les différents petits déjeuners. Maureen eut l'impression qu'elle faisait exprès de parler lentement. Elle avait le choix entre des pâtisseries, des muffins, des beignets avec glaçage et des sandwichs : tout était dans la vitrine du comptoir, précisa la serveuse. Il y avait aussi un « petit déjeuner anglais complet » ou un « petit déjeuner anglais vegan sans gluten », mais cela demandait un peu d'attente car il fallait les préparer en cuisine. En revanche, ils n'avaient plus de « spécial hiver au chaud » parce qu'ils étaient à court des ingrédients composant ce menu.

— Vous devriez le retirer de la carte, si vous n'en avez plus, conseilla Maureen.

— Alors, qu'est-ce que vous prenez ?

Maureen répondit qu'elle n'avait aucune envie d'un petit déjeuner anglais complet. C'était trop copieux.

— Je prendrai un œuf, dit-elle.

— Sans l'« anglais complet » ?

— Oui, juste un œuf.

— Vous voulez l'« anglais complet » à part ?

— Non. Je ne veux pas d'« anglais complet ».

— Très bien.

La serveuse sortit un iPad.

— Comment vous le voulez, votre œuf ?

— Poché.

— On ne les fait qu'au plat.

— Pas autrement ?

— Non.

— Si vous ne proposez que des œufs au plat, pourquoi m'avez-vous demandé comment je le voulais ?

— Parce que les gens répondent au plat.

— Sérieusement ?

— Sérieusement

— Alors au plat.

— Avec des toasts ?

— Vous allez me demander quel type de pain et me dire que vous n'avez que du pain blanc ?

Une rougeur envahit le cou de la serveuse et se répandit jusqu'à son front.

— Non. On a aussi du complet, de la ciabatta et du pain sans gluten.

Du complet, s'il vous plaît. Pas trop épaisses, les tranches. Et bien grillées. Je n'aime pas le pain tiède. Le beurre à part. Je les beurrerai moi-même.

La serveuse rapprocha son iPad et entra des données qui devaient être plus compliquées que « œuf au plat et toasts », puis remit une cuillère en bois avec un numéro à Maureen et alla transmettre sa commande à la cuisine. Maureen retourna s'asseoir avec sa cuillère et regarda par la vitre. Six mouettes s'étaient installées dans l'aire de jeux pour enfants. Un long ruban de plastique oscillait entre les branches d'un arbre en claquant. Soudain, elle vit entrer, à l'autre bout de la cafétéria, une femme de son âge, accompagnée d'une plus jeune qui devait être sa fille et poussait un landau. La femme âgée lui fit un signe de tête pour la saluer. Maureen fit de même sans lui sourire. La jeune femme prit le bébé et le souleva, et Maureen vit qu'il portait une combinaison de ski rose avec une capuche bordée de fourrure. « Il doit avoir trop chaud », pensa-t-elle. La jeune maman proposa d'aller chercher des cafés si sa mère lui prenait le bébé, et celle-ci répondit : « Bonne idée, Lou », avant de poser l'enfant sur ses genoux. Maureen la regarda ouvrir la combinaison rose et baisser la capuche pendant que sa fille avait le dos tourné. Elle l'observa approcher de ses lèvres la tête du bébé et l'embrasser. Malgré la distance, elle sentit le parfum de pain sucré du joli crâne des nourrissons et la douceur duveteuse de leurs cheveux. Elle se laissa aller à imaginer qu'elle était comme cette femme, grand-mère, et sentit un torrent d'amour s'échapper de son cœur. Alors une douleur, une sorte de jalousie, se diffusa dans tout son corps, telle une décharge de poison noir. Cette réaction physique était le seul moyen dont elle disposait pour rester calmement assise et endurer le manque. Elle en était encore là. Elle n'avait pas avancé d'un pouce. Elle pensait avoir fait son deuil, oublié le passé, mais il lui arrivait, trente ans après, d'en vouloir à la terre entière de lui avoir pris celui qu'elle aimait plus que tout au monde. Si seulement elle avait pu être aussi sereine qu'Harold. Lâcher prise, petit à petit.

— Table numéro 13 ?

La serveuse posa l'assiette sur la table.

— Prenez soin de vous ! lança-t-elle.

« Prendre soin de moi ? faillit demander Maureen. Que voulez-vous dire par là ? » Mais elle regarda alors ce qu'il y avait dans son assiette et s'exclama :

— C'est quoi, ce truc ?

L'œuf était tellement dur qu'on aurait dit du plastique, un de ces faux œufs qu'on trouvait dans les magasins de farces et attrapes. En plus, le pain n'était pas grillé – tout juste réchauffé – et le beurre n'était pas à part, mais déjà étalé en couche épaisse sur le pain.

— Je refuse, dit-elle. Vous ne voulez quand même pas que je mange ça ?

La serveuse inclina la tête et fit tomber ses cheveux qui formaient comme un petit rideau. Elle émit un long bruit de succion qui ressemblait à une série de hoquets.

— Je vous prie de reprendre mon assiette, déclara Maureen. Vous n'allez pas me faire payer un machin pareil. J'exige qu'on me rembourse.

Elle se servit une nouvelle tasse de café de sa thermos et sortit les sandwichs qu'elle avait emportés. La serveuse reprit l'assiette du bout des doigts comme si elle était dangereuse et la rapporta à la cuisine.

Peu après, une autre femme se dirigea droit vers la table de Maureen. Elle avait la quarantaine, des cheveux courts dont les mèches étaient teintes de différentes nuances de rouge, et des sourcils dessinés au crayon et complètement statiques.

— Il paraît que vous voulez qu'on vous rembourse, dit-elle en jetant une poignée de pièces jaunes sur la table.

Ce n'étaient pas des livres, mais des pièces que personne n'utilisait plus – des pièces de cinq pence et des pennies. Elle n'eut pas un mot d'excuse au sujet de l'œuf.

— Je regrette, mais je vais vous demander de partir, ajouta-t-elle brusquement.

— Pardon ?

— Vous n'avez pas le droit d'apporter à manger ni à boire dans l'établissement. C'est précisé à l'entrée.

Elle lui indiqua un écriteau accroché vers la porte, à côté de l'affiche qui enjoignait aux clients de respecter les distances sociales, de porter un masque et d'être aimables avec le personnel.

— La serveuse m'a dit que je pouvais.

— Vous avez été désobligeante avec elle.

— Je n'ai rien dit.

— C'est justement de ça que je suis en train de vous parler : vous venez d'user du même ton avec moi qu'avec cette pauvre fille, qui est en larmes à cause de vous. Si vous voulez manger votre propre nourriture, faites-le dehors.

Maureen resta sans voix. Incapable de faire un geste. La grand-mère et sa fille tournèrent la tête pour voir comment elle allait réagir, imitées par le vieux monsieur dont les mains tremblaient.

— Vous voulez vraiment que je sorte ?

L'indignation, la consternation l'avaient fait monter dans les aigus. C'était son truc à elle, cette voix haut perchée. Elle l'avait toujours eue, même lorsqu'elle était enfant. Son père et sa mère étaient devenus parents tardivement – trop tardivement pour ranimer un mariage dont la flamme s'était éteinte. Son père était fou d'elle et sa mère – même si elle la critiquait souvent – avait décidé que Maureen aurait la vie qu'elle n'avait pas eue. « Oh, ma petite Maureen ! » s'extasiait souvent son père, les yeux humides de fierté. « Elle sait tout faire, notre petite Maureen. »

La femme aux cheveux rouges la fusillait du regard.

— Parfaitement, dit-elle. Je vous demande de sortir.

Maureen essuya sa tasse avec une serviette en papier et la revissa sur sa thermos, mais ses mains tremblaient en emballant ses restes de sandwichs dans le film plastique. Et elle dut s'y prendre à plusieurs fois pour enfiler les manches de son manteau. Quelques minutes plus tard, elle quitta la station-service en pensant à la grand-mère qui tenait délicatement la tête du bébé, songeant que jamais elle ne connaîtrait ce bonheur. En plus, elle n'aurait jamais dû dire à David que tout le monde aimait les goûters d'anniversaire : c'était n'importe quoi. Elle avait horreur des fêtes. Depuis toujours. On ment aux enfants parce qu'on ne supporte pas de les voir malheureux.

Maureen traversa le parking. Elle se sentait rabaissée, comme prise en flagrant délit. Clouée au pilori. Elle avait l'impression que la bonté était d'un autre monde et qu'elle était seule dans un milieu hostile. Elle avait beau se dire que ce n'était pas grave, elle avait une petite boule au fond de la gorge, tel un bout de fromage qu'elle n'arrivait pas à avaler. Elle refusait de se laisser aller. Refusait de pleurer. Une mouette déchira un sac McDonald's avec son bec en le retenant de sa patte jaune palmée, puis s'envola avec une frite. Elle aurait voulu appeler Harold, mais si elle le faisait, elle le réveillerait, il serait sensible à la détresse de sa voix et s'inquiéterait. Soudain, surgissant de nulle part, un vieux souvenir de magasin bondé lui revint. Tous les regards étaient tournés vers elle, les gens étaient choqués par sa maladresse, et elle éprouva une honte atroce.

« Maureen, dit-elle tout haut. Tu as renversé du lait, Maureen. »

La grand-mère l'aurait mangé, cet œuf au plat. Elle aurait souri à la serveuse, elle aurait dit : « Merci, mademoiselle », et elle aurait tout mangé sans laisser le moindre morceau de cet œuf qui ressemblait à du plastique.

Encore cinq cents kilomètres. Après, ce serait fini.

4

Des bouches humaines

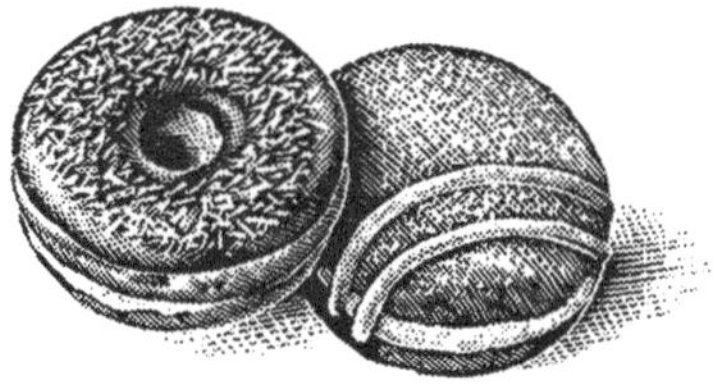

« Vous savez ce qui m'a manqué ? »

Non, dit Maureen. Aucune idée.

« Ce qui m'a manqué, ce sont les bouches ! Les bouches des gens ! »

— Ce n'est pas vrai, lâcha Maureen.

Le soleil était encore bas, mais tenace. Des nuages de brume aux contours nets s'élevaient dans l'air glacé. Les arbres ressemblaient à des esquisses argentées dont les branches étaient criblées d'éclairs. Plus loin, des étincelles de diamants semblaient jaillir de la circulation et la terre miroitait à perte de vue, blanche comme le gel. Maureen rabattit brusquement le pare-soleil. La luminosité commençait à lui donner la migraine.

« Des mois et des mois avec un masque ! Je vais vous dire un truc, j'avais horreur de ne pas voir la réaction des gens !

— Je comprends ce que vous voulez dire », renchérit une seconde voix qui lui parut plus âgée que la première, plus assurée.

Maureen imagina une femme avec des cheveux gris et une ample robe de lin cachant ses formes, alors que la première voix convoquait l'image d'une personne à la fois plus gracile et plus solaire. Une femme qui parlait en points d'exclamation.

« Les gens disent qu'on peut lire les émotions de quelqu'un dans ses yeux ! reprit Gracile. Mais ce n'est pas vrai !

— Vous avez raison, répondit Cheveux-gris. Je n'y avais jamais pensé, mais maintenant que vous le dites, je me rends compte que je suis d'accord avec vous.

— C'est la bouche qui révèle les émotions !

— Oui, oui, vous avez raison.

— Et vous savez quoi ? Ça me donne envie de serrer les gens dans mes bras ! Je les vois poursuivre leur vie tranquillement et j'ai envie de les serrer contre moi ! Des inconnus !

— C'est exactement cela, approuva Cheveux-gris. S'il y a une chose que le confinement nous a apprise, c'est que les gens sont bienveillants. La bienveillance des gens. Voilà ce qui nous fait avancer... »

— Quelles niaiseries ! lança Maureen en éteignant la radio.

Maureen avait du caractère. Elle en était consciente. Cela ne facilitait pas les contacts et elle avait du mal à se faire des amis. Un jour, elle s'était inscrite dans un club de lecturc, mais cllc râlait tellement contre les livres sélectionnés qu'elle avait fini par abandonner. Il y avait toujours quelque chose entre elle et les autres : c'était son fils. Qui, cette année-là, aurait eu cinquante ans.

Trente ans plus tôt, après son suicide, la douleur qu'elle éprouvait était si vive, elle avait l'impression qu'elle allait en mourir. Vraiment, elle ne comprenait pas pourquoi elle n'était pas morte. Elle aurait voulu que le temps s'arrête. Qu'il se fige. Mais son cours se poursuivait. Et tous les matins, il fallait qu'elle se lève et accepte de voir la chambre de son fils, de voir la chaise sur laquelle il s'asseyait dans la cuisine, de voir son grand pardessus qui ne recouvrait plus ses épaules. Pire encore, il fallait qu'elle sorte et accepte de voir des mères de famille et leurs enfants, des adolescents qui avaient bu ou fumé, qu'elle les croise dans la rue sans hurler. Que faire de ce poids, de cette souffrance insupportable ? De cette colère incroyable qui la rongeait vivante ? Harold et elle avaient reçu plusieurs lettres de condoléances – *Nous sommes bouleversés d'apprendre cette disparition. Nous sommes avec vous de tout cœur* , une photo de lys blanc avec un message dans une belle écriture dorée. Ces petits mots avaient mis à Harold un peu de baume au cœur. Il les avait même posés sur le manteau de leur cheminée pour que Maureen y trouve du réconfort. Mais quand elle les lisait, elle ne ressentait que du mépris pour leurs auteurs. Ces formules n'avaient aucun sens ; aller se coucher le soir n'avait aucun sens. Plus elle les voyait, plus elle avait l'impression qu'on l'accusait – comme si, sans oser le lui dire en face, les gens pensaient qu'elle était responsable de ce drame. Un jour, elle prit des ciseaux et déchiqueta tous les messages ; cela ne lui apporta aucun soulagement, alors elle reprit les ciseaux et s'attaqua à ses beaux cheveux châtains. Elle perdait la tête. Elle était folle, folle de rage. Elle ne savait plus qui elle était ni comment elle s'appelait. Elle avait l'impression d'être une autre, une mère privée de son fils, coupée d'elle-même, une ombre que l'on apercevait derrière les voilages. L'avenir auquel elle s'était préparée était mort et enterré. Elle ne savait pas comment elle faisait pour vivre cette vie fantôme, cette vie où elle était impuissante, réduite à observer celle qui l'avait remplacée et la maudire. Tout ce qu'elle voulait, c'était son fils. Tout ce qu'elle voulait, c'était David.

Quelques semaines après les obsèques, Queenie était venue leur rendre visite. C'était la première (et dernière) fois que les deux femmes se rencontraient, bien qu'Harold eût souvent raconté à Maureen des anecdotes à propos de sa collègue – apparemment, tous deux avaient le même sens de l'humour. Il arrivait aussi à Maureen de sentir son parfum dans leur voiture, un mélange de bonbons à la violette et d'eau de toilette bas de gamme.

Ce jour-là, Queenie était tombée sur Maureen en train d'étendre la lessive dans le jardin. Elle avait remonté l'allée avec un bouquet de fleurs que Maureen avait aussitôt balancé dans le panier à linge. « Si tu as envie de mon mari, vas-y, je te le donne », lui avait-elle déclaré abruptement. Puis elle avait ajouté : « Si tu n'as pas envie de lui, disparais de notre vie. » Elles étaient là, debout de chaque côté du fil à linge. Maureen continuait à y suspendre des tee-shirts propres que son fils ne porterait jamais, tandis que Queenie essuyait ses larmes. « Tu n'es pas encore partie ? » avait hurlé Maureen.

Son chagrin était tellement profond qu'elle avait sorti des horreurs. Queenie était juste une amie d'Harold, il n'avait jamais été question d'autre chose entre eux. Mais, à l'époque, Maureen se fichait de savoir si elle pouvait blesser quelqu'un. Au contraire, son but était justement de faire souffrir les autres. Si elle avait pu, elle les aurait éloignés d'elle le plus loin possible, à l'autre bout de la planète. Même Harold. « Tu dis que tu es un homme ? s'était elle emportée un jour. Que tu es un père ? C'est de ta faute ! Je n'arrive même plus à te regarder en face ! »

Après qu'Harold était rentré de sa promenade, Maureen avait fini par s'excuser. « Pardonne-moi », avait-elle dit avant de lui prendre la main et de le serrer un long moment contre elle comme si elle n'avait jamais rien tenu d'aussi précieux. « Oh, Maw, tu n'as rien à te reprocher. Moi aussi, je te demande pardon. »

Elle pensait qu'ils auraient le courage d'avoir de vrais échanges au sujet de David et tout ce qui avait mal tourné. De lever tous ces non-dits qu'elle avait besoin de formuler et pour lesquels elle n'arrivait pas à trouver les mots. Mais dans les semaines et les mois qui avaient suivi son périple, Harold était tellement épuisé que ces conversations n'avaient même jamais été esquissées. Elle avait l'impression qu'il avait trouvé dans ce voyage solitaire une sorte de soulagement, d'absolution, alors qu'elle, qui n'était allée nulle part, se sentait abandonnée. Elle s'était remise au jardinage, pourtant, parce que avant il adorait la regarder s'activer dans le jardin, presque autant qu'il adorait sa longue chevelure châtain. Elle avait réaménagé le salon, l'avait retapissé avec du papier peint à motifs et fait remplacer le lino de la cuisine. Elle avait choisi une nouvelle couleur pour leur chambre et confectionné des rideaux assortis au couvre-lit. Elle avait même vidé la chambre de David et emballé ses affaires, une par une, avant de les ranger dans des cartons destinés au grenier. Mais elle avait toujours en elle un espace pour son fils. C'est de là qu'il était venu, après tout. De cette petite nasse à l'intérieur d'elle-même.

Weston-super-Mare. Clevedon. L'aurore avait une nuance bleu tendre, virant peu à peu au bleu lacté à l'horizon. La terre était recouverte de givre, vallonnée à perte de vue, telle une houle à la blancheur miroitante. Des nuées de mouettes tournoyaient, déviaient brusquement en criaillant. Elles étaient tellement nombreuses qu'elles formaient un vaste chassé-croisé de lignes, tandis qu'au-dessus d'elles des traînées de vapeur dessinaient une longue allée dans le ciel. Des boules de gui étaient suspendues aux arbres, on aurait dit de grands sacs à main. Maureen reconnut le tronçon d'autoroute surélevé qui enjambait la forêt et la cuvette d'une vallée. Bristol n'était plus très loin. Elle franchit la rivière Avon et reconnut la lumière qui se réfléchissait sur les centaines de voitures garées dans l'enceinte de Portbury Dock, prolongée par les grues et les paquebots de l'estuaire de la Severn.

Maureen s'arrêta dans une nouvelle station-service pour acheter de l'eau et aller aux toilettes. La propreté des lieux était plus que douteuse, aussi couvrit-elle le siège avec du papier. Puis elle se lava soigneusement les mains. Devant les lavabos, une femme vêtue d'un manteau imprimé de grosses fleurs pleurait.

— Je ne sais pas pourquoi je me donne tant de mal. Je ne sais pas pourquoi je continue à y retourner, se lamentait-elle.

— Le problème, c'est que tu es une sainte. Tu es ta pire ennemie, répondait son amie en tirant des serviettes en papier du distributeur avant de les lui passer.

Maureen dut faire un effort pour contourner les deux femmes parce qu'elles l'empêchaient d'accéder au sèche-mains.

« Ta mère est une sainte. » Maureen avait souvent entendu son père le dire. « Il faut être une sainte pour me supporter. » Maureen aurait préféré ne pas l'entendre, parce que ce discours était celui d'un homme âgé et résigné.

La cafétéria de la station-service était pleine de familles et d'enfants qui couraient dans tous les sens. Par deux fois, elle dut s'arrêter brusquement pour ne pas être renversée par l'un d'eux. Un homme vêtu d'un tee-shirt avec l'inscription « DINING AREA HOST » ramassait un par un les plateaux laissés par les clients, avant de se diriger cahin-caha vers un espace réservé. C'était la première fois que Maureen voyait cette expression : « HÔTE DU COIN REPAS. » Franchement, elle ne comprenait pas pourquoi ce terme était préférable à « nettoyeur ». Puis elle passa devant une salle de jeux baptisée Lucky Coin et une vitrine de beignets Krispy Kreme à côté d'une rangée de gros fauteuils de massage en skaï gris que l'on actionnait en glissant de la monnaie dans une fente. Un vieil homme dormait, les pieds crispés, les yeux protégés par son masque. La première fois qu'elle avait mis un masque, Maureen avait détesté la sensation d'écrasement que cela lui avait procurée, mais elle s'y était très vite habituée. L'anonymat, le fait de devoir garder poliment ses distances ne lui déplaisaient pas. Elle n'avait jamais été très affectueuse. Elle n'aimait pas non plus que les gens l'appellent par son prénom – encore une manie qu'elle reprochait à son club de lecture, sans compter les romans de gare qu'il fallait se coltiner. « Deborah ma chère, Alice ma chérie… » Honnêtement, il y avait pire que d'être obligé de porter un masque jusqu'à la fin de ses jours.

— Je peux peut-être vous aider ? lui demanda une femme en train d'installer sur une table des livres de poche d'occasion dont la vente devait bénéficier à Help for Heroes, une association qui s'occupait des blessés de l'armée britannique.

— Je n'aime pas ce genre de littérature, répliqua Maureen.

Elle ne prit même pas la peine d'y jeter un coup d'œil. On ne savait jamais sur quoi on pouvait tomber. Elle en avait des frissons rien que d'y penser.

Une fois dans la boutique, elle se mit en quête d'une bouteille d'eau. Des flèches bleues en forme de pieds orientaient les clients le long d'une file dans laquelle Maureen se glissa, contrairement à un couple qui se dirigeait vers elle, vêtu de la même polaire imprimée d'animaux, si bien qu'elle fut obligée de s'écarter pour les laisser passer, sans qu'ils la remercient.

— De rien ! s'écria-t-elle, outrée.

Il y avait autour d'elle des affiches conseillant la distanciation sociale et des distributeurs de gel hydroalcoolique sous lesquels étaient tombées des gouttes de produit. Heureusement pour Maureen, elle n'avait aucune envie de serrer ces étrangers dans ses bras, encore moins d'essayer de comprendre le genre humain. Elle acheta une bouteille d'eau et un magazine de mots croisés, et – Dieu merci – personne ne lui demanda où elle allait ni si elle était dans les temps.

La caissière avait des doigts fins et déliés, du vernis à ongles vert et un badge indiquant son nom : « Moonbeam ».

— Je peux vous proposer une de nos offres spéciales ?

— Ça dépend, répondit Maureen. Qu'est-ce que vous avez ?

— Trois purificateurs d'air pour le prix de deux, fit Moonbeam en lui montrant un des articles dont elle parlait.

— Mais je n'ai qu'une voiture, bredouilla Maureen, légèrement déstabilisée par ces purificateurs en forme de fruits tropicaux, comme des ananas ou des pastèques, aux couleurs fluo et chaussés de lunettes de soleil.

— Peu importe, vous y gagnez. Puisque si vous en perdez un, il vous en reste toujours deux, du coup.

— D'accord, mais si j'achète trois purificateurs, ça veut dire que je m'attends à en perdre un. Et si je m'attends à en perdre un, il y a bien un moment où ça arrivera.

— Comme vous voulez. Je vous présentais juste notre offre. Il n'y a aucune obligation d'achat.

Maureen avait à peine tourné les talons que la caissière regarda les quatre filles qui patientaient derrière elle en levant les yeux au ciel.

Harold avait reçu maintes preuves de gentillesse au cours de sa traversée. À moins que ce ne fût sa personnalité qui incitait les autres à être bienveillants envers lui. Maureen n'avait pas ce talent. Elle se souvenait d'avoir entendu sa mère dire d'elle : « C'est une enfant difficile. » Maintenant qu'elle y repensait, ces mots lui revenaient très clairement. Elle revoyait sa mère avec ses chaussures vernies à trois brides, qu'elle passait son temps à cirer à cause de la boue dehors. Elle se souvenait aussi de l'odeur de sa mère, toujours la même ; toujours ce parfum mêlé de ce qu'il y avait à la fois de plus désirable et de plus inaccessible. Jeune, sa mère était très belle et elle se donnait de grands airs. Elle était bien née, aimait-elle à dire. Mais son mari avait une santé précaire et peu de moyens, et ils avaient été contraints de se retirer à la campagne. Sa mère avait horreur de la campagne. Les odeurs, la poussière, l'isolement. Elle était mortifiée de ne pouvoir s'offrir une femme de ménage. « Tu crois qu'une maison, ça se nettoie par l'opération du Saint-Esprit ? » s'exclamait-elle de son ton tranchant, avant d'asperger le sol d'eau de Javel en tenant la serpillière comme si elle lui en voulait personnellement. Maureen la regardait tout en faisant le vœu de ne jamais devenir comme elle. Elle se sentait beaucoup plus l'enfant de son père que de sa mère.

Depuis quelques jours, cela dit, chaque fois qu'elle croisait son reflet dans le miroir, elle avait un petit choc. Si ses cheveux étaient blancs et courts, elle avait la bouche et le menton de sa mère. Et le même port de tête. On se croit différent, mais il n'y a rien à faire, l'empreinte est là : Maureen se regardait dans la glace et apercevait le fantôme de sa mère qui lui répondait en la dévisageant.

Milieu de la matinée. Les panneaux indiquaient Stroud, puis Gloucester, Cheltenham. Les collines de Cotswold formaient un contrefort bleu poussière sur sa droite. Elle dépassa un poids lourd accidenté, dont la cabine piquait en avant comme un cou brisé. Le jour commençait à devenir plus trouble. Des bancs de nuages s'étendaient au loin, l'air semblait s'alourdir, et on apercevait des ourlets de glace sombres le long de la bande d'arrêt d'urgence. Le brouillard se levait. Maureen fut doublée par un car avec des drapeaux de saint Georges aux fenêtres et des supporters de foot agitant la main. Peu après, elle doubla à son tour un convoi de camions qui transportaient des maisons préfabriquées avec déjà des voilages aux fenêtres, puis une voiture remplie de sacs-poubelle conduite par une femme. Le temps qu'elle rejoigne la M42, le brouillard était si dense qu'il vibrait contre son pare-brise telles des poignées de sucre en poudre lancées à la volée. La seule touche de couleur était la lueur rouge des feux arrière des véhicules. Rabougris par le vent, les arbres en bord de route semblaient surgir de l'eau. Le monde s'était mué en un étrange néant de voies et de bancs de boue dont les éléments n'étaient plus reliés entre eux et semblaient se dissoudre avant de se solidifier. Maureen ne put s'empêcher de penser que le paysage était à l'image de son esprit. Composé de pièces de puzzle impossibles à assembler entre elles.

ATTENTION. LA M42 EST FERMÉE. Brusquement, Maureen revint à elle. Un panneau clignotait au-dessus de l'autoroute, dont les lettres orangées se fondaient dans la brume. RISQUE DE BOUCHON. Elle roula quelques kilomètres en essayant de fixer du regard la chaussée, mais elle avait l'impression de conduire dans le vide et avait du mal à se concentrer. Elle était de nouveau perdue dans ses pensées, qui l'amenaient à David et à sa plaque au crématorium. Tous les mois, elle s'y rendait pour la polir au chiffon et aligner avec un râteau à main les petites pierres vertes qui l'encadraient ; car comme les gens arrangeaient rarement leurs propres pierres, certaines glissaient du côté de David et il fallait qu'elle les retire. Elle pensa à la grosse dame au maquillage outrancier à qui elle avait fait la remarque quelque temps plus tôt ;

comme les pierres de sa parcelle étaient étalées n'importe comment et que son urne était tavelée de rouille, Maureen s'était permis de lui demander de l'entretenir plus soigneusement. L'inconnue lui avait répondu de s'occuper de ses oignons, et, dans la panique, Maureen avait répliqué que si elle mangeait plus sainement, elle serait moins malheureuse. Elle avait vraiment dit cela. C'étaient exactement les mots qui avaient fusé de sa bouche. Quelques secondes plus tôt, ils étaient dans sa tête – offensifs, certes, mais néanmoins justifiés, parce que la femme était effectivement obèse et avait plusieurs doubles mentons, le tout recouvert d'un maquillage hideux –, et tout à coup ils avaient giflé l'air, aussi violents que des placards publicitaires. Maureen s'était rendu compte trop tard de son erreur. La femme avait foncé vers elle en s'arrêtant tellement près que Maureen avait pu distinguer les pores de sa peau obstrués par le fond de teint orangé et les bavures de son fard à paupières mauve ; puis elle s'était mise à hurler en traitant Maureen de salope et de tarée. Depuis, quand Maureen allait au crématorium, elle n'arrivait plus à ne penser qu'à David, elle pensait aussi à cette harpie peinturlurée, espérant ne pas la croiser de nouveau. Quelque chose avait changé dans l'atmosphère du lieu, de même que, quelques années plus tôt, quelque chose avait changé dans l'atmosphère de la librairie de la rue principale. Si elle continuait comme ça, bientôt elle ne pourrait plus aller nulle part.

Elle se mit à fredonner pour cesser de gamberger. C'était le problème avec les trajets en voiture. Trop de pensées moulinaient dans sa tête. Il valait mieux qu'elle s'occupe les mains. « Pourvu qu'Harold s'en sorte avec le lave-vaisselle, se dit-elle. Qu'il trouve le café et les mugs. » Finalement, elle aurait dû les laisser, ses Post-it avec ses instructions. À la prochaine station-service, elle s'arrêterait et l'appellerait. De toute façon, elle avait de nouveau besoin d'aller aux toilettes. Il suffisait qu'elle y pense pour avoir envie… Pire encore, plus elle y pensait, plus ça devenait urgent. Une brûlure dans le bas-ventre, une sensation de chaleur oppressante. Vite, changer de sujet. Elle s'efforça de penser à Harold, à la peau de son dos, toujours aussi douce, à la première fois qu'elle l'avait vu nu ; elle le désirait tellement qu'elle n'osait pas l'effleurer. Elle n'avait jamais vu ses parents s'embrasser. La route bifurquait vers la gauche et elle roulait, entraînée par la succession de phares rougeoyants, pensant à Harold, jusqu'au moment où elle comprit qu'il y avait un problème et que ce problème était l'immobilité des feux arrière des voitures qui la précédaient, alors qu'elle-même avançait. Elle se dirigeait vers eux, et les feux ne bougeaient pas.

Maureen appuya sur le frein. Rien ne se produisit. Elle insista, mais son pied dérapa et heurta le plancher. La voiture continuait à rouler. Elle enfonça la pédale de toutes ses forces, trop brusquement : la voiture perdit de l'adhérence et, au lieu de ralentir, fit une embardée sur la gauche. Elle avait perdu le contrôle du véhicule, elle ne savait plus comment l'arrêter ni quelle pédale servait à quoi. Tout ce qu'elle savait, c'est que la voiture était en train de lui échapper, qu'elle continuait à déraper vers la bande d'arrêt d'urgence et qu'elle était entourée de véhicules à l'arrêt, qu'au-delà l'attendait un mur de brouillard, qu'elle avait beau tourner le volant dans un sens puis dans l'autre et appuyer sur le frein, elle ne parvenait pas à redresser la situation.

Suivit un étrange instant suspendu, la prise de conscience presque bienvenue que ce qu'elle essayait d'empêcher était en train de se produire et qu'il n'y avait rien à faire, sinon rester tranquille et attendre. Son envie d'uriner était de plus en plus pressante.

5

Jardin marin

Queenie a créé un jardin marin chez elle à Embleton Bay. Aujourd'hui, les habitants l'appellent le « Jardin des reliques » en raison de tout ce que les gens y déposent. J'ai appris récemment qu'elle y avait installé une sculpture à la mémoire de votre fils. Je me suis dit que cela vous ferait plaisir.

Affectueusement,

Kate x

Ils avaient reçu cette carte postale en plein été. Harold l'avait lue à haute voix, puis l'un et l'autre avaient vaqué à leurs affaires. Il s'était installé au soleil et Maureen s'était mise à désherber ses plants de fraises ; mais son esprit y revenait sans cesse.

« Je ne savais pas que Queenie avait un jardin », avait-elle dit à Harold en essayant de contenir son agacement.

Il lui avait répondu en souriant que lui non plus ne le savait pas. De fait, c'était juste un jardin, sans plus. Et à huit cents kilomètres de chez eux. Une sculpture à la mémoire de David ? Et alors ? Queenie avait travaillé avec Harold pendant des années. Ils parlaient forcément de David de temps en temps. Mais Maureen commençait à réfléchir ; cette histoire de jardin lui faisait comme une écharde dans la peau, que personne ne l'aidait à retirer. Pourquoi Queenie avait-elle érigé une sculpture en souvenir de David ? De quel droit ? À quoi ressemblait-elle ? Queenie avait-elle connu David ? Ces questions se rappelaient à Maureen chaque fois qu'elle étendait le linge ou ratissait son jardin potager. Elles lui revenaient aussi dans les moments plus calmes, quand elle se brossait les dents ou préparait le petit déjeuner d'Harold, et même la nuit, quand ils étaient couchés côte à côte et qu'il dormait. Le temps passait et la roue tournait. Les jours raccourcissaient, les feuilles changeaient, mais Maureen n'arrivait pas à oublier ce jardin ; cela devenait une obsession. Il avait beau être à l'autre bout de l'Angleterre, il était là, enraciné dans son esprit.

« Tu es sûr que tu ne savais rien à propos du jardin de Queenie ? avait-elle demandé à Harold un soir au dîner. Tu sais, celui dont Kate parlait dans sa carte ? »

On était en automne. Elle avait essayé d'avoir l'air détaché, comme si cette idée venait juste de la traverser, par hasard.

« Le jardin de Queenie ? Je ne suis pas sûr. Je ne crois pas.

— Mais elle jardinait, non ?

— Je n'ai pas le souvenir qu'elle jardinait. On n'a jamais parlé de jardinage. Du moins, je ne crois pas.

— Alors qu'est-ce que fait David dans son jardin ? Elle le connaissait ? Comment se fait-il que je n'aie jamais su qu'elle le connaissait ? »

L'impatience perceptible dans sa voix l'avait trahie. Elle posait trop de questions, trop rapidement, et maintenant il avait l'air peiné, comme s'il prenait douloureusement conscience d'avoir commis une faute dont il devait se souvenir, mais sans trop savoir laquelle.

« Voyons, voyons, avait-il fait en se tapotant le front avec la paume. Ça va me revenir, ça va me revenir, attends. »

En vain. Il avait tout oublié.

Elle avait ramassé les assiettes, les avait apportées à la cuisine et rincées à l'eau brûlante.

« Je peux t'aider, Maureen ?

— C'est bon. Assieds-toi. »

Ce ton-là, elle ne l'avait pas prévu. C'était mesquin de sa part. Il s'était approché d'elle. Avait enroulé les bras autour de sa taille et posé le menton sur son épaule. Il était fatigué, elle s'en était bien rendu compte. C'était à cause d'elle, parce qu'elle venait une fois de plus de remuer le passé au sujet de David.

« Ça fait longtemps, tu sais, avait-il murmuré.

— Je sais, ça fait longtemps.

— Tu n'as aucune raison de t'inquiéter pour cette histoire de jardin.

— Je sais.

— On est heureux.

— C'est vrai.

— Alors, à quoi bon se faire du souci ?

— Tu as raison, Harold, à quoi bon ? »

Il l'avait embrassée, et l'incident fut clos – du moins l'avaient-ils cru. Car elle avait continué malgré tout à se faire du souci. Et elle s'en faisait d'autant plus que lui avait décidé de ne pas s'en faire – comme si elle devait se charger de la part de souci qu'il refusait d'assumer. Ça lui rappelait ce qui s'était passé après la mort de Queenie, quand le directeur de la maison de retraite leur avait fait suivre sa lettre. Là aussi, Harold avait tout de suite jeté l'éponge. C'était Maureen qui s'y était plongée, essayant de décrypter, à travers ces pages qui ne comprenaient pas de mots, uniquement des tirets et des gribouillis, tout ce que Queenie avait absolument voulu dire à Harold. C'était Maureen qui avait essayé de savoir ce qu'il préférait ignorer. À la fin, elle avait remisé la lettre au fond d'une boîte à chaussures avant de la monter au grenier et de la ranger à côté des affaires de David. Mais aujourd'hui elle était trop vieille pour ça. Ils étaient tous les deux trop vieux. Elle n'avait pas envie que le passé ressurgisse. Sauf qu'il avait déjà commencé à le faire. Les fantômes étaient entrés dans la pièce.

Une fois seule, Maureen s'était installée devant leur ordinateur et avait cherché des images du fameux jardin. Elle était tombée des nues : des milliers de gens avaient visité ce jardin, des gens qu'elle ne connaissait ni d'Ève ni d'Adam. Qui prenaient des selfies, des photos de famille ou des photos d'art. Ils avaient dû voir la sculpture de David. Tout le monde l'avait vue sauf elle. Alors, où était-elle ? À quoi ressemblait-elle ? Était-ce une image fidèle de David ? Ou quelque chose de plus contemporain ? Elle avait passé un temps infini à observer son écran et à essayer d'agrandir les images, mais rien, elle n'avait rien trouvé. Rien qui ressemblât de près ou de loin à son fils.

En vérité, le problème n'était pas seulement qu'elle ne trouvait pas David : elle ne comprenait rien au jardin en soi, point final. Elle ne voyait aucune démarcation, pas la moindre clôture. Il apparaissait comme ça, au milieu des dunes. Des plages de galets étaient ponctuées de cercles de pierres et de fleurs et de sculptures en métal de toutes les formes imaginables – entonnoirs, tubes, spirales, broches, vrilles – jouxtant des morceaux de bois flotté, dont certains avaient la taille d'une cuillère et d'autres celle d'un poteau. Le tout était dominé par une immense bille de bois posée au centre. D'autres objets bizarres avaient été fabriqués avec des bouteilles en plastique, des éléments de gouttières, des boîtes de conserve vides, des vieux meubles, des morceaux de cordes et de pinceaux – tout ce qu'on trouve dans une déchetterie. Elle avait même aperçu des mâts au sommet desquels étaient piqués des crânes d'animaux blanchis par le vent et le soleil. Elle regardait tout cela comme si elle observait la vie à travers une fenêtre embuée sans pouvoir l'essuyer pour y voir plus clair. Des guirlandes d'algues et de flotteurs en liège faseyaient entre deux bâtons auxquels elles étaient accrochées ou suspendues tels des colliers sur des portants improvisés. Des rubans avaient été fixés aux branches. Elle avait remarqué des panicules aussi grosses que des pièces de ferronnerie et de longues herbes qui faisaient penser à des jets d'eau. En été, l'ensemble était rehaussé par les éclats jaunes, orange et rouges des ajoncs, des soucis et des coquelicots. (Maureen savait que ces photos avaient été prises en été parce que le ciel était bleu et que les visiteurs portaient des lunettes de soleil et des tee-shirts.) À certains endroits, le jardin semblait éclairé par des centaines de petites bougies. En arrière-plan, on distinguait un vieux chalet en bois peint dont le toit s'écroulait.

L'hiver avait succédé à l'automne. Harold et Maureen prenaient leurs repas ensemble, dormaient l'un à côté de l'autre, mais une fois de plus, ils vivaient dans deux mondes différents. Harold était content d'observer les oiseaux et de jouer aux dames avec Rex, tandis que Maureen s'enfermait seule devant l'ordinateur et continuait à découvrir le jardin de Queenie, intriguée et de plus en plus perturbée. Pour elle, un jardin, c'était un jardin. On s'en servait pour faire pousser des rutabagas, des oignons, des pommes de terre, des épinards et des fruits à congeler ou à mettre en conserve pour l'hiver. Pas pour accumuler des bouts de ferraille, de bois et de métal. Elle était gênée non seulement parce que David était là, quelque part, mais parce qu'il faisait partie d'un monde dont elle se sentait exclue. Elle avait l'impression de relire les lettres de condoléances qu'ils avaient reçues. Puis une nuit, elle avait fait un cauchemar qui l'avait tellement secouée qu'elle était descendue et avait allumé toutes les lampes de la maison jusqu'à ce que le jour se lève et qu'Harold se réveille.

« Que s'est-il passé, ma petite Maw ? » Il l'avait serrée dans ses bras et elle avait posé sa tête sur son épaule en lui racontant son rêve : elle creusait un sillon pour y planter des légumes et tombait sur David gisant tout seul sous la terre. Mais elle n'avait pas pu aller plus loin et lui parler des vers qui sortaient de sa bouche et de ses oreilles, et du côté de son visage tellement décomposé qu'on aurait dit une couche noire de feuilles pourrissantes. Même après tout ce temps, elle ne pouvait supporter de dire de telles choses à propos de leur fils unique. Il valait mieux qu'elle garde ces images morbides pour elle.

« Je suis désolée. Je ne suis pas comme toi, Harold. Je ne peux pas m'empêcher de penser au jardin de Queenie. » Elle s'était lancée dans la description de tout ce qu'elle avait vu sur Internet et qui l'avait laissée tellement perplexe et désemparée.

Il avait alors eu un de ses sourires qui l'apaisaient encore un peu et avoué qu'il avait eu tort. Il fallait qu'elle aille le voir.

« Oh non ! » avait-elle aussitôt protesté. Elle s'était levée. Avait remis deux ou trois affaires en ordre. Passé la main sur une chaise comme pour vérifier la présence d'une poussière qui évidemment n'y était pas. « Non, non. Ce n'est pas la peine. Non. C'est beaucoup trop loin. Qui s'occupera de toi ? Je te racontais juste ce que j'ai vu.

— C'est vrai, ce n'est pas la porte à côté. Mais tu devrais y réfléchir. Tu ferais l'aller-retour en quelques jours. Kate est une femme adorable. Elle habite à une trentaine de kilomètres. Tu pourrais dormir au moins une nuit chez elle.

— Oh, non. Non, je n'ai pas envie. Je n'ai aucune raison de loger chez Kate. Je ne la connais pas. C'est ton amie. Pas la mienne. »

Elle avait mille excuses pour ne pas y aller, selon elle. Ce n'était pas seulement la distance. C'étaient la maison, le ménage, tout le reste : elle songeait à repeindre la vieille salle de bains rose en une couleur plus neutre. Mais la véritable raison était qu'elle avait un peu peur de Kate, alors qu'elle ne l'avait jamais rencontrée, de même qu'elle avait peur du jardin de Queenie. Kate avait une cinquantaine d'années, et c'était une sorte de militante. Après avoir fait un long bout de chemin avec Harold, elle avait essayé de sauver son mariage, mais ça n'avait pas marché et elle vivait seule désormais. C'était tout ce que Maureen savait à son sujet. Parmi les nombreuses personnes qu'Harold avait rencontrées, Kate était celle à qui il était le plus attaché – ce qui ne contribuait pas à la rassurer. En plus, elle n'était même pas sûre de savoir quoi dire à une militante.

Mais elle se sentait acculée. Et, comme d'habitude, elle ne pouvait s'en prendre qu'à elle-même. Comment ne pas être d'accord avec Harold ? Il avait raison. Oui, elle irait voir le jardin, mais elle ferait le trajet en une journée. Rex avait accepté de veiller sur Harold pendant son absence, même si, au fond, vu l'étourderie d'Harold et le grand cœur de Rex, elle se doutait qu'ils seraient plutôt comme deux petits garçons se tenant la main.

« Je ne m'arrêterai pas chez Kate. Je préfère garder ça pour moi. Je ferai des courses en ligne pour toi et Rex. Et je t'expliquerai comment fonctionne le lave-vaisselle. Ce n'est pas sorcier. Il y a juste deux ou trois boutons à connaître. Je laisserai un Post-it... »

Cela l'avait fait rire. « Même nous, on devrait arriver à laver deux poêles ou trois casseroles ! »

Elle lui avait écrit quand même quelques instructions et avait réservé deux nuits près d'Embleton, dans une jolie maison d'hôtes baptisée Palm Trees, qui servait le dîner plus tôt que les autres. Elle comptait arriver en voiture le premier jour, découvrir le jardin le lendemain matin et repartir tôt le surlendemain. Elle avait préparé pour Harold et Rex une quantité astronomique de petits plats dont elle avait bourré le congélateur. Elle avait besoin de s'occuper pour ne pas avoir le sentiment de perdre les pédales. La veille de son départ, elle avait emballé deux ou trois affaires et avait repassé son beau chemisier bleu jusqu'à ce que le tissu soit fin comme du papier à cigarettes, et Harold avait nettoyé ses chaussures de conduite avec une brosse métallique. « On a l'impression que je dois porter une armure », s'était-elle dit. Sauf que personne ne partait à la guerre. C'était juste un jardin agrémenté de sculptures de bois flotté.

Harold lui avait souri. Sans doute avait-il lu dans ses pensées, parce qu'il avait tenté de la rassurer.

« Tout va bien. Tu n'as aucune raison d'avoir peur.

— Je sais. »

Ce soir-là, quand elle l'avait regardé dormir, la main éloignée de la sienne et posée sur sa poitrine, la respiration régulière, elle avait envié la sérénité qui se dégageait de lui. « C'est lui qui est courageux, avait-elle pensé. C'est lui le plus accompli de nous deux. Pas moi. »

6

Un accident

À la hauteur de Tamworth, le brouillard était tellement dense qu'elle voyait à peine au-delà de quelques mètres. Les contours des arbres semblaient se fondre dans l'air et les corbeaux perchés sur leur branche ressemblaient à de gros bourgeons noirs. Il n'y avait plus ni horizon ni ciel. Maureen s'arrêta dans une station-service de la M42 qui donnait l'impression d'être au bout du bout du monde. Elle se changea et, du parking, téléphona à Harold. Au même moment, le car de supporters déboula et elle vit les passagers brandir leurs drapeaux en l'air tout en martelant : « Ang-le-terre ! Ang-le-terre ! »

— Un accident ? répéta Harold. Comment ça, un accident ? Tu es blessée ? Qu'est-ce qui s'est passé ?

— Ne t'inquiète pas. La voiture n'a rien. Pas la moindre éraflure sur le pare-chocs.

Elle avait la sensation d'être enveloppée dans l'air comme dans un bandage humide.

— Je ne m'inquiétais pas pour la voiture. Je ne m'inquiète jamais pour la voiture.

— Je sais, dit-elle, parce que tu ne prends plus jamais le volant.

Il émit un son doux et légèrement grinçant signalant qu'il souriait.

— Non, Maureen. Ce n'est pas parce que je ne conduis plus. C'est parce que tu es ma femme, alors que la voiture est seulement un tas de tôle.

— J'appelais juste pour te dire que je vais bien. Je n'ai rien de cassé.

Elle s'exprimait d'une voix étrangement cristalline qu'elle n'aimait pas. En même temps, elle n'osait pas lui dire que la voiture qui la suivait au moment de l'accident s'était arrêtée et qu'un jeune homme en était sorti pour l'aider. Elle entendit des sirènes sur l'autoroute et aperçut des gyrophares bleus dans le brouillard ; la police et les ambulances se dirigeaient vers le nord.

— La M42 est fermée. Il y a eu un accident.

— Un autre ?

— Oui. Beaucoup plus grave. Le mien, ce n'était rien. J'ai glissé sur une plaque de verglas et j'ai fait une embardée du côté de la bande d'arrêt d'urgence. Là, il s'agit d'un camion. Je suis obligée de prendre une déviation.

— Ma pauvre !

— Ça risque d'allonger le trajet d'une heure. Ou plus, peut-être. Je ne sais pas.

Elle était crispée sur son portable et redoutait qu'il raccroche. Pas tout de suite. Elle ne savait plus quoi lui dire, pourtant. Soudain, elle le vit en train de dégager des ronces le long d'un chemin envahi par les broussailles pour que les promeneurs ne s'y blessent pas. C'était tellement Harold. Elle en eut les larmes aux yeux, mais refusa de se laisser aller et de pleurer.

— Et Rex, ça va ? Il est avec toi ?

— Oui, oui, il est là. On joue aux dames.

— Coucou, Maureen !

— Demande-lui s'il a pris ses médicaments.

— Maureen demande si tu as pris tes médicaments.

— Oui, Maureen, je les ai pris !

— Vous mangez correctement ?

— Très bien, oui.

— Ne vous bourrez pas de sandwichs.

— On en mangera le moins possible, promis.

Un court silence suivit, qui lui sembla interminable, jusqu'à ce que Harold lui demande lentement :

— Tout va bien, Maureen ?

— Bien sûr que tout va bien. J'ai juste eu un petit choc, mais ça va.

— Tu es sûre ?

— Sûre et certaine.

— Alors tant que tu en es sûre… Tu sais que je suis là si tu as besoin de moi.

— Moi aussi, Maureen !

— Merci, dit-elle. Dis à Rex que je le remercie.

— On sait que tu vas y arriver.

— Tu vas y arriver, Maureen !

— Sois prudente au volant.

— Je suis prudente, promis. Et n'oubliez pas de manger correctement.

— On n'oublie pas.

— Promettez-moi. Pas de sandwichs toute la journée. C'est mauvais pour la santé. Il faut des repas équilibrés.

— Pas de sandwichs toute la journée, répéta consciencieusement Harold. Des repas équilibrés.

Mais il y avait une chose dont elle ne lui avait pas parlé. En fait, elle ne pouvait pas. La gentillesse du jeune homme qui s'était arrêté pour l'aider. Une gentillesse qui n'avait fait qu'aggraver les choses. Elle était là, l'avant de sa voiture de guingois, contre la glissière de la bande d'arrêt d'urgence, choquée, mais pas blessée, pas non plus honteuse, quand un jeune homme s'était garé derrière elle et avait bondi hors de sa voiture. Il lui avait fait signe d'ouvrir sa vitre et s'était penché pour lui demander si elle avait besoin d'une ambulance. Il n'avait pas de manteau, un détail qui, malgré les circonstances, l'avait frappée, mais il était très propre sur lui, le menton rasé de près et rosé, la raie impeccable et le pull en laine repassé – le gendre idéal, le type d'homme que sa mère aurait rêvé qu'elle épouse. Elle lui assura que tout allait bien, mais il refusait de l'abandonner. Il voulait l'aider à tout prix. Soudain, elle ne pensa plus qu'à une chose : la pression de sa vessie, une sensation insupportable.

Vous êtes peut être en état de choc, disait il. Voulez-vous que j'appelle quelqu'un ? Vous êtes sûre de pouvoir bouger vos jambes ?

— Il faut que j'aille aux toilettes, répondit-elle de son ton le plus policé.

— Pardon ?

Trop tard. Elle s'était lâchée. Là, devant ce charmant jeune homme propre sur lui et sans manteau. Elle avait remué les jambes pour lui prouver qu'elle n'était pas blessée et elle s'était lâchée. Une liquéfaction involontaire de son corps, un quart de seconde délicieux, suivi d'un terrible écoulement chaud entre les cuisses. Peu après, la circulation reprit, mais lentement ; elle fit marche arrière pour se replacer dans la file, suivie par cet inconnu dans sa voiture qui avait très bien vu ce qui lui était arrivé. Puis elle avait dû faire une vingtaine de kilomètres coincée dans cette lente procession de véhicules, marinant dans sa propre urine. Sale. « Tu es sale, Maureen Fry », dit-elle tout haut. Elle fut obligée de marcher jusqu'à la boutique de la station-service après avoir pris dans sa valise de quoi se changer. Tout en essayant de se cacher avec son sac à main, elle fonça vers les toilettes, arracha une poignée de serviettes en papier et les plongea sous le robinet avant de s'enfermer dans une cabine.

— Beurk. Elle pue, la vieille dame, entendit-elle un gamin s'écrier.

Elle faillit mourir. Mourir de honte. Elle attendit que quelqu'un utilise le sèche-mains électrique pour fourrer sa culotte trempée dans un des sachets prévus pour les serviettes hygiéniques et la jeta à la poubelle. Puis elle s'habilla tant bien que mal, vu l'exiguïté de la cabine : elle enfila un slip propre et le pantalon prévu pour le lendemain en faisant de son mieux pour ne pas qu'ils effleurent le sol carrelé, mouillé lui aussi. Partout autour d'elle étaient affichées des publicités pour des culottes menstruelles. Décidément, ce monde était absurde… Elle sortit du box la tête haute, mais mortifiée. Dans la boutique, elle acheta des lingettes antiseptiques qu'elle paya aux caisses automatiques parce qu'elle ne voulait surtout pas avoir le moindre échange avec un être humain.

Elle en était donc là, de retour à sa voiture en train de désinfecter le siège conducteur. Elle aurait dû écouter la vendeuse aux ongles verts. Elle aurait dû acheter les trois purificateurs d'air.

— OK, disait un homme à sa femme en passant. Je veux bien. Je ne sais peut-être pas de quoi je parle, mais n'importe qui de sensé serait d'accord avec moi.

Ils avaient chacun un petit chien dans les bras.

Maureen reprit la route. À la sortie de Tamworth, la circulation était redirigée vers Atherstone, mais il y avait encore des travaux et une nouvelle déviation. Une déviation de déviation. Elle ne savait même pas que c'était possible. Le pire était qu'elle sentait toujours l'odeur d'urine, sur elle et dans la voiture. Elle n'avait qu'une envie : prendre une douche bien chaude. Elle essayait de se concentrer sur la route et de ne pas se laisser entraîner par le fil de ses pensées, mais elle avait du mal parce que autour d'elle tout se ressemblait. « Un chien ! J'aimerais tellement avoir un chien ! » disait souvent David. Une année, à Noël, ils lui avaient offert un chiot en peluche qui faisait

« ouah-ouah ! » quand on appuyait sur un bouton et qui pouvait s'asseoir sur ses pattes arrière comme pour réclamer quelque chose. « Oh un chien ! » s'était exclamé David. Plus tard, elle l'avait surpris en train de regarder le jardin où il avait déposé le chien en peluche dans sa boîte et elle avait mesuré alors, avec un gros pincement au cœur, la déception de son enfant.

Tandis qu'elle approchait d'une voie rapide, elle se retrouva de nouveau dans un bouchon. Les bas-côtés faisaient visiblement office de décharge sauvage : ils étaient jonchés d'emballages en plastique et une dizaine de sacs-poubelle remplis avaient été disposés côte à côte. Une fois de plus, elle se retrouva derrière le car de supporters agitant des drapeaux par les fenêtres, mais elle évita de les regarder pour ne pas qu'ils la remarquent. Les gens commençaient à sortir des voitures et des camions pour aller se dégourdir les jambes sur les bandes interdites aux piétons. Certains grimpaient sur le terre-plein central pour essayer de voir ce qui se passait plus loin. D'autres téléphonaient, ou engageaient la conversation avec les automobilistes – bien qu'ils fussent de parfaits inconnus. Tout à coup les supporters de foot bondirent du car en brandissant des bières et des drapeaux et en frappant aux fenêtres des voitures. Maureen était assise derrière son volant, tétanisée. Une ribambelle de filles entassées dans une voiture firent signe aux supporters ; elles portaient des hauts si petits qu'elles auraient aussi bien pu être en soutien-gorge. Elles sortirent en riant pour aller boire des bières avec les garçons, comme s'ils se rencontraient dans une boîte. « Les jeunes… », pensa Maureen. Cet éclat dans leurs yeux, cette insouciance… Elle aussi, elle avait été jeune. Difficile à croire, mais elle aussi, elle avait cru que l'avenir lui appartenait. Elle pensait sincèrement que l'histoire n'avait été qu'une sorte de répétition avant le vrai spectacle, que la vraie vie allait commencer, et qu'elle, Maureen, serait au centre. Elle aurait son bac haut la main, elle ferait des études de français à la fac – personne dans son village n'était allé à l'université – et la vie se poursuivrait, merveilleuse. Elle rencontrerait des gens comme elle, doués, passionnés, intelligents, portant un béret, fumant des cigarettes brunes et discutant de philosophie. Elle n'avait jamais ouvert un livre de philo, mais qu'importe, elle le ferait tôt ou tard. Son père lui avait toujours dit qu'il suffisait de vouloir pour pouvoir.

Plus haut, la file de voitures commença à s'ébranler. Les gens remontèrent dans leurs véhicules. Elle ne voyait rien au-delà de la brume, à part des bâtiments industriels aussi grands que des hangars.

Un mètre, deux mètres… Ils avançaient si lentement qu'il aurait été plus rapide de continuer à pied. Un court instant, la brume se dissipa tandis que le soleil restait noyé dans les nuages, ses rayons pointés vers la terre. Un buisson d'ajoncs lançait des flèches de lumière jaune d'or. Elle roulait depuis une demi-heure quand elle fit une pause pour s'étirer. Elle avait repéré une camionnette qui vendait des hamburgers et des kebabs, un de ces fourgons qui sentaient le caoutchouc surchauffé et la graisse brûlante. Mais elle était trop épuisée pour manger et se contenta de vider sa thermos de café.

À l'autre bout de l'aire de repos, elle aperçut un homme assis, seul, sur la banquette arrière de sa voiture aux vitres embuées. Totalement inerte, il semblait dormir. Mais, tout à coup, il ouvrit la portière, sortit et se dirigea droit vers la poubelle, un sac en plastique à la main ; il y vida son contenu – des bouteilles d'eau et des barquettes en polystyrène –, avant de lisser le sac et de le plier en un petit carré bien net. Ensuite, il sortit une brosse à dents et un tube de dentifrice de sa poche, se brossa les dents et cracha par terre, retourna à sa voiture et se rassit sur le siège arrière. Il était bien habillé, avec un mélange de décontraction et d'élégance. Peut-être avait-il remarqué Maureen, en tout cas il n'en laissa rien paraître.

Peu après, au volant, elle pensa à lui, seul dans sa voiture, immobile, et se demanda combien de temps il y était resté. Plusieurs jours, sans doute. Peut-être n'avait-il pas de logement. Mais à force de compatir aux problèmes d'autrui, on risquait de se perdre soi-même. Mieux valait éviter de s'en préoccuper dès le départ. Un camion la doubla : il roulait à peine plus vite qu'elle et transportait un très haut tas de sapins de Noël défraîchis. Plusieurs corbeaux s'envolèrent dans un bel ensemble, telle une nuée d'escarbilles.

L'esprit de Maureen revint à la chambre de David. Après la marche d'Harold, elle avait décidé de la redécorer, une fois qu'elle aurait fini de la ranger.

Elle avait choisi une belle nuance de jaune vif pour les murs et remplacé les anciens rideaux bleus par des tentures de chintz à fleurs. Ça lui paraissait la bonne chose à faire. Une façon de tourner la page. De faire la paix. Elle y avait installé un bureau en se disant qu'elle pourrait essayer d'écrire de la poésie, mais les rares fois où elle s'y était mise, elle avait vite abandonné. Les mots dont elle avait besoin ne lui venaient pas ou perdaient leur couleur dès qu'elle les associait à d'autres. Rien d'étonnant à ce qu'elle ait raté son bac et fini dans un cours de secrétariat au lieu d'étudier à l'université. C'était une évidence, elle n'avait rien de spécial.

La chambre de David n'avait pas bougé, cela faisait plusieurs années qu'elle était jaune sorbet et vide. Désormais, Maureen pouvait passer devant la porte fermée sans souffrir ni éprouver le besoin d'entrer et de lui parler. Mais tout avait changé pendant la pandémie de Covid-19. Confinée comme tout le monde, elle était retournée dans la chambre, ne serait-ce que pour avoir l'impression de changer d'espace. L'horrible sensation de vide qui l'avait alors saisie à la gorge avait manqué de la faire défaillir. Tout ce jaune l'oppressait et elle s'était rendu compte qu'elle détestait maintenant ces rideaux de chintz. Elle était allée chercher les affaires de David au grenier et les avait remises à leur place : ses livres, ses bibelots, ses photos. Une par une. Elle avait même raccroché ses vieux rideaux bleus. Harold n'avait fait aucun commentaire – peut-être n'avait-il rien remarqué.

Parfois, Maureen se disait qu'ils allaient dans deux directions opposées – comme si c'était à elle que revenait la responsabilité de retenir et de porter toutes les choses que lui-même se sentait libre de laisser filer. Pourtant, elle n'était pas pleinement satisfaite du réaménagement de la chambre. Bien qu'elle lui ait rendu son bleu d'origine, elle y percevait toujours le jaune. Elle ne pouvait pas effacer le fait qu'elle avait un jour essayé de se débarrasser des affaires de David. Elle en gardait un goût amer. La seule chose qui lui restait de son fils, c'était sa chambre, et elle avait trouvé le moyen d'en faire n'importe quoi.

Un souvenir lointain lui revint : elle observait son bébé, si fragile, avec ses fins cheveux noirs, et prenait conscience de la responsabilité terrifiante qui était la sienne. Elle comprenait que rien ne protégeait David de la déréliction du monde ; rien, à part elle, son amour et sa peur, mais surtout sa peur, parce que s'il lui arrivait quelque chose, elle ne le supporterait pas. Elle ne survivrait pas. Elle n'avait jamais perçu un silence aussi profond qu'en apprenant sa mort.

Maureen revoyait très précisément les figurines qu'elle avait remises dans sa chambre : un zèbre de porcelaine, un cheval de bois, un cerf de verre, à côté d'une photo de David bébé. Des petites babioles sur lesquelles il lui fallait transférer un amour inconditionnel. Un vide infini semblait s'étirer entre ces objets posés sur les étagères. Où étaient passés tous les mots qu'il lui avait confiés et qu'elle avait dû oublier, ou mal comprendre ? Toutes les histoires, toutes les idées, sans qu'elle prît jamais la mesure du peu de choses de lui qu'il lui resterait un jour ? Comment supporter le poids de ce qu'elle n'arrivait toujours pas à comprendre ?

La déviation finit par rejoindre la M1. Loughborough. Kegworth. Nottinghamshire, enfin. « Bienvenue dans le comté de Robin des bois ! » Maureen secoua la tête en grognant. Que faire de toutes ces pensées et de tous ces souvenirs qui la hantaient, alors qu'elle avait encore plus de trois cents kilomètres à parcourir ? Enfermée dans sa voiture, elle était seule avec elle-même, sans Harold pour la distraire et détendre l'atmosphère. De la fumée s'élevait en vacillant des cheminées. Une fois de plus elle croisa le car des supporters qui la montrèrent du doigt en ricanant ; il était impossible qu'ils soient au courant de son accident, mais l'idée la taraudait, c'était plus fort qu'elle. Elle pensa à sa maison qu'elle avait laissée dans un état impeccable, à la salle de bains rose avec ses robinets en laiton et son carrelage assorti – qui n'avait pas besoin d'être remplacé, franchement –, à Harold descendant l'escalier avec ses pieds nus dont on voyait encore les cicatrices depuis qu'il avait marché jusque chez Queenie. Elle revoyait l'inconnu qui vivait dans sa voiture tout en se disant qu'elle n'avait aucune raison de s'attarder sur le malheur des autres.

Au dernier moment elle braqua pour prendre une sortie et s'arrêta à la première station d'essence qu'elle aperçut. Elle prit son portable et annonça à Harold qu'elle était revenue sur sa décision. Elle faisait demi-tour.

— Pourquoi ? dit-il. Pourquoi ?

— Harold, j'ai eu un *accident*. Je ne parle pas seulement de la voiture. J'ai fait pipi dans ma culotte. Oui, j'ai vraiment fait ça. J'ai été obligée de me changer et je porte les habits que j'avais prévus pour demain. J'ai besoin de prendre une douche, Harold. Je rêve d'une douche. Je ne peux pas. Je ne suis pas comme toi. Je viens à peine de passer Nottingham. Je n'arriverai jamais à la maison d'hôtes à l'heure pour le dîner. Je rentre.

Suivit une pause pendant laquelle il ne dit pas un mot ; puis elle entendit de nouveau sa voix, familière, avec son léger éraillement.

— On vieillit, Maw. C'est tout. Mais tu voulais voir le jardin. Ça t'obsédait. Maintenant tu as fait plus de la moitié du chemin, ça te prendra plus de temps de revenir que d'aller jusqu'au bout. Je vais téléphoner à Kate pour lui demander si tu peux passer la nuit chez elle. Cela ne la dérangera pas que tu arrives un peu tard. Tu y tenais tellement, Maureen ; c'était tellement important pour toi de voir le jardin. C'est un petit peu plus dur que ce qu'on pensait, d'accord. Mais tu es vraiment sûre de vouloir t'arrêter en si bon chemin ?

Cela faisait des lustres qu'il n'avait pas fait un si long discours. En l'écoutant, Maureen sentit son cœur s'ouvrir peu à peu. Il la comprenait et l'acceptait telle qu'elle était. Des années auparavant, elle l'avait regardé danser en agitant les bras et en sautant comme un cabri, insouciant et décalé, et elle aussi, elle l'avait accepté tel qu'il était. Jusque-là, Maureen ne savait pas qui elle était ni ce qu'elle voulait ; mais dès qu'elle rencontra Harold, elle ne désira plus qu'une chose : se tenir entre lui et le reste du monde. Aimer et être aimée. Il aurait été exagéré de dire que le brouillard s'était dissipé, mais il lui sembla que la couche de nuages se muait en un voile de plus en plus transparent. Une promesse de bleu, même s'il n'était pas encore tout à fait là.

Alors elle suivit ses conseils et reprit sa route. Quelques secondes plus tard, Rex lui envoya un texto avec plusieurs itinéraires possibles pour aller chez Kate, agrémenté d'un emoji.

Peu après, son téléphone bourdonna de nouveau sur le siège passager : un deuxième texto de Rex. Il lui avait envoyé un lien avec une carte et une flèche indiquant dans quelle station-service elle pouvait s'arrêter et prendre une douche.

Cette fois-ci, il avait choisi comme emoji une licorne avec deux petits cœurs à la place des yeux. Elle n'était pas sûre de savoir comment l'interpréter. Mais cela n'avait pas d'importance. Elle sourit.

7

Au nord, toujours plus au nord

Les panneaux indiquaient « nord ». Toujours « nord ». C'était le début de l'après-midi, le brouillard se levait. Chesterfield. Sheffield. Au loin, les taches blanches du Peak District. Plus proches, des champs d'éoliennes, telles d'immenses pales posées sur des batteurs à œufs géants ; vues d'aussi près, elles étaient si étranges qu'elles semblaient presque irréelles. Le relief montait et descendait, et peu à peu les champs cédaient la place aux maisons et aux entrepôts, aux toits gris ardoise, aux contours de villes et de bourgs qui se profilaient dans le lointain. Maureen roulait sous des pans de ciel où la lumière du soleil se reflétait sur la route et scintillait, bleu acier, or filé, chatoyant comme les reflets d'une aile de corneille. Harold disait qu'il y avait autant de chants d'oiseaux que de pays dans le monde. Et il le disait souvent, comme si chaque fois c'était une découverte, sa voix trahissant le même étonnement. Régulièrement, Rex enregistrait sur son portable un chant d'oiseau qu'ils ne connaissaient pas, puis il rentrait chez lui pour l'identifier sur son ordinateur. Plus tard, il revenait en brandissant son téléphone pour qu'elle écoute.

« À ton avis, c'est quel oiseau, Maureen ?

— Peu importe, c'est juste un oiseau, répondait-elle. Quelqu'un veut du café ?

— Avec deux sucres, ce serait possible, Maureen ?

— Sacré Rex ! s'exclamait-elle en riant. Comme si je ne savais toujours pas, après tout ce temps, que tu prends deux sucres dans ton café ! »

À Tibshelf, Maureen put enfin se doucher. C'est pour ça qu'elle était si enjouée. Qui savait qu'il y avait des douches dans les stations-service ? Personne. Elle-même ne l'avait jamais remarqué – c'était fou, elle avait découvert une cabine parfaitement propre, derrière une porte grise avec un logo représentant une pomme de douche, et plusieurs patères où elle avait pu accrocher ses vêtements. Il y avait même un distributeur qui proposait tout ce dont un corps humain avait besoin, mais en petites quantités : un minuscule flacon de savon liquide, un sachet de shampooing, un préservatif et un tampon. Elle s'était glissée sous une pluie d'eau brûlante presque aussi divine que la douche qu'elle avait chez elle.

M18, enfin, suivie par l'A1. Doncaster, Adwick le Street. Pontefract. Ferrybridge, une immense centrale électrique dont les tours de refroidissement désaffectées ressemblaient à des grands bols renversés. On entrait dans le comté de North York. Une première sortie indiquait Leeds. Wetherby. Le soleil dardait des rais de lumière argentée et dorée entre les nuages.

Soudain, un héron fendit les airs, aussi inattendu qu'un tapis volant. Elle s'arrêta de nouveau dans une station-service où elle fit particulièrement attention à être polie. Elle sourit au jeune homme qui passait la serpillière dans les toilettes en lui disant que les lieux étaient propres et agréables. Peu après, quand elle s'acheta un thé au bar, elle remercia le serveur en insistant, même si techniquement, c'était juste une boisson chaude, autrement dit, un gobelet en carton avec de l'eau bouillante et un sachet de thé présenté à part. Et quand le serveur lui demanda si elle voulait autre chose, elle répondit aussitôt :

— Non, merci. C'est gentil. Merci.

Elle repéra une table à côté d'une fenêtre et demanda au couple assis à côté si elle était libre, alors qu'elle l'était de toute évidence et qu'il y avait un écran en plastique entre eux et elle. Elle sortit son magazine de jeux en sirotant son thé et réussit à finir toute une grille de mots croisés sans être dérangée par personne. Elle sourit même spontanément à une table de quatre enfants déguisés en super-héros qui dévoraient d'énormes portions de poulet KFC pendant que leur mère balayait du doigt l'écran de son téléphone en sirotant une boisson gazeuse.

— Il est très joli, votre manteau, dit-elle à une inconnue en se levant.

— Cette vieillerie ? répondit la femme qui en tapota les revers en riant.

— Si, si, il est ravissant.

De retour dans la voiture, elle y repensa et se dit que ce manteau était d'un banal à pleurer. C'est elle qui était d'humeur joyeuse. Elle alluma la radio, et dès qu'elle tombait sur une chanson qu'elle connaissait, se mettait à fredonner. Un troupeau d'oies sauvages l'accompagnait, volant au-dessus d'elle, le cou tendu vers le nord.

Le jour disparaissait déjà. Le ciel de janvier était bas et se refermait comme une chappe. Le soleil d'hiver rougeoyait faiblement. La terre se dévidait et s'étirait ailleurs, au loin, comme si elle prenait une longue respiration. Ripon. Bedale. Scotch Corner. Durham. Quand elle arriva à la hauteur de l'Ange du Nord, il faisait nuit et les étoiles brillaient très haut dans le ciel. Soudain la sculpture apparut, au moment où elle s'y attendait le moins, telle une silhouette géante au sommet d'une colline. On la distinguait difficilement, mais la lune accentuait l'immensité de ses ailes horizontales, loin des ailes éthérées habituelles des anges, à tel point que si celui-ci venait de quelque part, se dit Maureen, ce n'était ni du paradis ni du ciel, mais d'un lieu plus humain et plus terrestre. Elle contourna New Castle, traversa la Tyne, et finit par abandonner l'A1 pour se diriger vers l'ouest. Des fermes en granit étaient éparpillées çà et là, isolées, avec des fenêtres couleur beurre frais. Elle passa sous un tunnel d'arbres dont les branches filtraient la lumière des lampadaires et projetaient une mosaïque de cristaux sur la chaussée. Enfin, elle aperçut le premier panneau pour Hexham.

Cela faisait presque quatorze heures que Maureen conduisait. Elle était épuisée, et elle avait eu tant de déconvenues qu'elle avait l'impression d'être meurtrie et couverte d'ecchymoses. Le bourdonnement du moteur de sa voiture avait migré dans sa tête.

Elle s'arrêta pour jeter un dernier coup d'œil aux indications de Rex, mit un peu de rouge à lèvres et prit la route qui menait chez Kate. Elle était forte. Elle y arriverait.

8

Entre camion et camping-car

Quand Maureen était petite, sa mère l'habillait en robe et socquettes blanches. Les robes, elle les confectionnait avec sa machine à coudre électrique et ajoutait des ornements à la main, des smocks à la hauteur du buste, par exemple, ou des manches bouffantes. La seule fois où Maureen se souvenait de l'avoir entendue rire, c'est quand elle passa les doigts dans un rouleau d'organza neuf. Maureen les aimait, ces robes. Elle croyait son père quand il lui disait qu'elle ressemblait à une princesse – comme s'il fallait se réjouir de ressembler à une princesse quand on a cinq ans et qu'on vit dans un bled paumé. Ce ne fut que lorsqu'elle entra à l'école qu'elle comprit à quel point elle avait été mystifiée. À quel point une fillette couverte de dentelle blanche, ceinte d'un ruban de roses ou de soie vert mousse avec un gros nœud sur le devant, était une cible de choix pour des petits camarades moins fortunés, qui, quand elle rentrait chez elle en sautillant avec sa robe de princesse, l'attendaient pour lui jeter chacun à son tour des poignées de boue, voire pire. À quel point une enfant qui portait un cartable et rangeait sur son bureau ses crayons, toujours bien taillés, par couleurs, des plus foncées aux plus claires, ou qui parlait comme si elle avait une patate chaude dans la bouche, ou insistait pour raconter de longues histoires, du genre qui ravissaient son père, ne serait jamais populaire. Deviendrait, en réalité, la risée de tous.

Au fur et à mesure qu'elle approchait de chez Kate, Maureen revivait ces années de son enfance, ce sentiment horrible et douloureux de n'avoir rien compris à rien. Avant d'aller à l'école, elle était persuadée que les autres enfants l'admireraient pour ses jolis vêtements et ses crayons bien taillés, et le fait qu'elle savait répondre – croyait-elle – à toutes les questions, même quand ce n'était pas le cas. Pareillement, elle s'était imaginé que Kate habitait dans un joli petit cottage qu'elle aurait nettoyé de fond en comble en l'honneur de sa visite. Elle était persuadée que Kate avait fait mijoter un bon petit plat sur sa belle cuisinière en fonte – toute militante qu'elle fût, il fallait bien qu'elle se nourrisse – et qu'elle avait dressé la table avec une nappe blanche immaculée. Elle en était tellement sûre qu'elle s'arrêta pour acheter une bouteille de vin et une boîte de chocolats.

Elle se rendit compte de son erreur lorsqu'elle regarda plus attentivement les indications que Rex lui avait transmises : elles ne comprenaient pas de nom de maison. Ni de numéro. Ni même de nom de rue. Elles disaient juste qu'elle devait prendre un chemin à peine carrossable et se fier à quelques repères hasardeux, comme une cabine téléphonique abandonnée et un vieux portail de ferme. Pourquoi Kate n'avait-elle jamais dit à Harold qu'elle ne vivait pas dans une maison au sens propre ni au sens classique, encore moins dans un cottage, mais dans un camion transformé en habitation ? Et que cette « maison mobile » n'était pas isolée, mais faisait partie d'un ensemble de camping-cars et de camions plus ou moins spacieux, tous habités par le genre de femmes dont Maureen entendait parler dans les médias ? Des militantes qui s'installaient dans les arbres pour empêcher qu'on les coupe ou s'asseyaient au milieu d'un pont pour alerter les gens sur la gravité du réchauffement climatique…

Elle avait l'impression d'avoir fait des kilomètres de piste dans l'obscurité en évitant des nids-de-poule et des pierres, remarquant à peine les caravanes qu'elle longeait, quand elle arriva au pied d'un portail indiquant « Entrée interdite ». Elle fut obligée de passer la marche arrière car le chemin était trop étroit pour faire demi-tour, évitant une fois de plus les nids-de-poule et les pierres. Cela lui fut encore plus malaisé qu'à l'aller, parce qu'elle ne voyait pas grand-chose à travers son pare-brise arrière et qu'elle n'avait jamais été douée pour ce genre de manœuvres. Elle se gara à côté des caravanes et des camions. Malheureusement, elle n'avait pas assez de réseau pour appeler Rex.

— Je peux vous aider ?

Une jeune femme, avec un foulard arc-en-ciel et la peau presque bleue, venait de frapper à sa vitre – plus tard, Maureen se rendrait compte que le bleu de sa peau était dû à ses tatouages et qu'elle ne portait pas de foulard : c'étaient ses cheveux qu'elle avait teints aux couleurs de l'arc-en-ciel.

Maureen baissa la vitre, pas entièrement, pour expliquer qu'elle cherchait une certaine Kate, mais avait dû se tromper.

— Pas du tout. Vous ne vous êtes pas trompée, elle vit là, répondit la jeune femme d'une voix douce et juvénile.

Elle ne devait pas avoir plus d'une vingtaine d'années.

— Là ? s'exclama Maureen, incapable de cacher sa stupeur.

— Oui, venez, je vous accompagne.

— Je ne sais pas où laisser ma voiture.

— Ben ici, c'est cool.

— Ici ? répéta Maureen.

— Ouais, cool.

Elle n'avait pas le choix. Elle tenta de mieux se garer, s'y reprit plusieurs fois, en vain, parce qu'elle ne savait pas contre quoi s'aligner : il n'y avait ni mur, ni trottoir, ni bas-côté. Elle sortit enfin de la voiture et se retrouva les deux pieds dans la boue avec ses chaussures de conduite ; puis elle ouvrit son coffre en se demandant si la jeune femme aux cheveux arc-en-ciel pourrait l'aider – apparemment non, puisqu'elle la précédait déjà de quelques mètres.

Maureen la suivit en passant devant les camping-cars. Comme elle ne voulait pas salir les roues de sa valise, elle fut obligée de la porter. Elle découvrit alors une dizaine de camions ou de camping-cars parfaitement éclairés et aperçut des silhouettes de femmes à l'intérieur, mais elle n'était pas sûre d'avoir envie qu'elles sortent pour la saluer. Elle se méfiait des inconnus.

— Voilà, dit la jeune femme.

— Comment ça, voilà ?

— On y est. Maman habite là.

— C'est votre mère, Kate ?

— Oui, c'est ma mère.

— Kate… votre mère ?

C'était donc la fille de Kate. Kate avait une fille. Encore une chose que personne n'avait jugé bon de lui dire. Les cheveux de la jeune femme avaient beau être aux couleurs de l'arc-en-ciel, un bon shampooing n'aurait pas été du luxe. Maureen se rappela à l'ordre : elle avait décidé d'être bienveillante.

— Vous avez des cheveux magnifiques, dit-elle.

— Sympa, merci.

— Il suffit que j'entre, c'est ça ?

— Pas de souci, répondit la fille de Kate en s'éloignant.

Maureen avança en hésitant à cause de ses chaussures crottées et remarqua plusieurs chaises en plastique vides, un brasero, une pile de palettes en bois, un vélo d'enfant violet… Elle pensa à Harold qui avait brossé ses chaussures la veille et se sentit épuisée. Fossebridge Road semblait appartenir à une autre planète.

La porte s'ouvrit avant même qu'elle frappe – un coup de chance pour Maureen qui n'était pas sûre que ce fût une porte. Un cri parvint du camion :

— Maureen !

Elle vit alors arriver une femme avec une crinière de cheveux gris tressés de rubans de tissu, un gilet vert épais, deux pendentifs de plumes et de perles, une kyrielle de colliers et un colifichet qui devait être un attrape-rêves. C'était donc elle, la fameuse Kate !

— Maureen, ma chérie ! s'écria-t-elle en descendant plusieurs marches en bois avant de la prendre dans ses bras. C'est moi, Kate ! dit-elle en l'embrassant comme du bon pain.

Maureen eut le réflexe de reculer.

— Je suis trop contente de faire ta connaissance. Entre, ma chérie, entre !

Maureen la suivit en montant les marches de guingois tandis que Kate, sans se retourner, s'écriait qu'elle était ravie de faire sa connaissance et que ce n'était pas trop tôt, parce qu'elle adorait Harold. Sa rencontre avec lui avait été une vraie source d'inspiration. Elle s'excusa de l'exiguïté de son camion, et espérait que Maureen n'était pas trop surprise. Non, répondait Maureen en se forçant, elle était ravie d'être là.

— C'est original, dit-elle.

Elle sentait que sa voix avait quelque chose de tendu et d'artificiel et elle pensait à ses chaussures sales.

L'intérieur du camion était surchargé. Le regard ne pouvait se reposer nulle part ; tout avait une fonction ou un sens. Elle avait l'impression d'être plongée au cœur d'une migraine. Statuettes de Bouddha, pierres de chakra, pointes de quartz suspendues, cristaux, bougies, messages exhortant à trouver sa déesse intérieure et son ange gardien, étagères drapées d'étoffes mauves : tout était couvert d'une fine couche de crasse, cassé ou sur le point de l'être. Et l'odeur. Dieu du ciel ! Elle qui pensait sentir mauvais. Des bâtons d'encens se consumaient dans tous les coins. Elle avait du mal à respirer. Elle ne vit pas la moindre cuisinière. Ni de plat qui mijotait.

Maureen sortit le vin et les chocolats de son sac et les offrit à Kate.

— Il ne fallait pas ! C'est trop gentil ! réagit-elle en les posant sur un meuble tellement chargé que Maureen se demanda si ses cadeaux verraient jamais la lumière du jour ; elle en éprouva presque une pointe de remords vis-à-vis d'eux.

Le camion était un taudis. Quelque effort qu'elle fît pour essayer de rester polie, elle ne trouvait pas d'autre mot pour le décrire. Elle se souvint du bungalow qu'ils louaient tous les ans à Eastbourne quand David était petit, et c'est vrai que vers la fin il n'était pas dans le meilleur état du monde : il y avait cette odeur de moisi quand on ouvrait la porte et cette moquette marronnasse pour que les taches ne se voient pas. Elle se souvint aussi du motel de bord de route où Harold et elle s'étaient arrêtés sur le chemin du retour quand elle était allée le chercher après sa longue marche : elle avait découvert trop tard que c'était un repaire de prostituées. Cela n'avait pas empêché Harold de dormir comme une souche, pendant que Maureen dînait seule au bar du motel avec plusieurs femmes qui n'étaient manifestement pas là pour le plaisir d'un bon petit repas.

Mais elle n'aurait jamais imaginé qu'une femme qui envoyait régulièrement des cartes à Harold pût vivre dans un endroit pareil. Un endroit qui n'était même pas propre. Qui était même particulièrement sale.

L'espace était aménagé comme un studio ouvert – un concept qui n'avait jamais plu à Maureen – avec une kitchenette près de la porte, des placards en panneaux durs, un minuscule évier au milieu et, de l'autre côté, une penderie séparée par un rideau violet et une douche – une cabine avec un rideau en plastique, tellement étroite qu'on ne pouvait s'y tenir que debout de profil. Plus loin, il y avait un second rideau violet derrière lequel elle devinait un canapé atrocement inconfortable – une banquette dure comme du bois – et une table en formica avec deux chaises et un tabouret. Elle vit aussi un fauteuil à oreilles, couvert d'un vieil édredon dont Maureen aurait franchement craint de perturber l'agencement.

— Quel endroit ravissant, insista Maureen. Un charme fou, non ?

Elle enleva son manteau, mais voyant qu'il n'y avait rien pour l'accrocher, elle le remit.

— Vous êtes en vacances ici pour combien de temps ? demanda-t-elle d'une voix parfaitement maîtrisée.

Tout en s'affairant à l'autre bout du camion, Kate répondit qu'elle vivait là toute l'année, que ce n'était pas une location, et que sa fille et plusieurs femmes habitaient autour parce qu'elles avaient décidé de vivre en communauté et de partager tout ce qu'elles possédaient. C'était la meilleure décision qu'elle avait jamais prise, disait-elle, avec le bout de chemin qu'elle avait décidé de faire avec Harold, bien sûr. À l'avant du camion, Maureen aperçut la cabine avec ses deux sièges et son volant.

Elle avait toujours sa valise à la main. Kate n'était pas bien loin de l'homme dans sa voiture. L'idée que l'on pût abandonner sa maison pour vivre dans un tel endroit la dépassait. Elle se sentait tellement déstabilisée qu'elle craignait d'avoir une crise de panique. Harold et elle vivaient sous le même toit depuis plus de cinquante ans. L'idée de ne pas vivre au 13, Fossebridge Road, avec toutes ses affaires bien rangées au bon endroit, l'épouvantait. Kate alluma la bouilloire et prit deux vieux mugs ébréchés.

— Alors, comment vas-tu ? Comment vas-tu *vraiment* ? lui demanda Kate, comme s'il y avait deux versions de Maureen et qu'elle ne crût pas la première qu'elle lui montrait.

— Ça va.

— Harold m'a dit que tu as fait le trajet en une journée. C'est fou, tu dois être crevée. Il paraît que tu vas voir le jardin de Queenie. J'imagine que c'est douloureux.

— Pas trop, non.

— Ma pauvre. Tu dois mourir de faim.

C'était vrai. Maureen était affamée. Ses membres tremblaient et semblaient brûler. Elle n'avait rien mangé d'autre depuis les sandwichs qu'elle n'avait pas terminés.

— Je vais bien, merci, s'entendit-elle répondre. Je vous remercie, je ne suis pas sûre d'avoir envie de boire ni de manger. Je voudrais me coucher. Vous pourriez me montrer ma chambre ? J'ai eu une longue journée.

Tandis qu'elle prononçait ces mots, elle eut un doute et s'en voulut, comme si, une fois de plus, elle n'avait rien compris. Il était évident qu'il n'y avait pas de chambre d'ami ni de lit.

— Je pensais te laisser mon lit, dit Kate.

Elle lui montra une sorte de planche – pas vraiment un lit – en précisant qu'elle se dépliait.

Elle continua en lui disant qu'elle était vraiment enchantée de faire sa connaissance et que sa rencontre avec Harold avait changé sa vie. Pendant ce temps-là, Maureen scrutait la planche et pensait à son lit et à ses jolis draps bien repassés dans lesquels Harold avait dû se glisser. Kate parlait, parlait… Elle était en train de lui expliquer que le confinement avait eu raison de son mariage, mais qu'heureusement elle avait de bonnes relations avec son ex, qui vivait toujours dans leur ancienne maison.

— Je ne comprends pas, l'interrompit Maureen. Vous lui avez laissé votre maison ?

— Oui, Maw. J'avais besoin de faire peau neuve.

Maureen n'aurait pas associé de prime abord le besoin de faire peau neuve avec le fait de s'installer dans un camion, mais elle ne fit aucun commentaire et se contenta de sourire.

— J'avais envie d'être avec ma fille et ma petite-fille, tu vois ?

Non, Maureen ne voyait pas, du moins pas avant que Kate, regardant par la fenêtre, ne pointe le doigt vers la jeune femme qui avait accueilli Maureen. Éclairée par la lumière que diffusaient les camping-cars, elle tenait dans ses bras une toute petite fille aux longs cheveux noirs, les jambes agrippées autour de sa mère et la tête posée sur son épaule. Alors comme ça Kate était grand-mère.

— Elle s'appelle Maple, ajouta Kate.

— Pardon ?

— C'est mon petit soleil.

— Mais elle s'appelle Maple ? Comme le sirop d'érable ?

Kate esquissa un sourire en demi-teinte, comme si elle se demandait si Maureen était délibérément agressive.

— Non, pas comme le sirop, non. Plutôt comme l'arbre, répondit-elle sur un ton d'où perçait une légère amertume.

Maureen était brisée de fatigue. Elle n'en pouvait plus. Tous ces kilomètres, et tous ces gens… Les filles aux ongles verts, ceux qui vivaient dans des voitures ou des camions, les parents qui donnaient des noms d'arbres à leurs enfants… Harold lui avait raconté des dizaines d'anecdotes inattendues sur son voyage, mais jamais il n'avait mentionné ce genre de bizarreries. Elle commençait à avoir mal à la tête.

— Vous devriez venir nous rendre visite de temps en temps. Harold serait ravi, dit-elle.

En imaginant le camion de Kate garé devant le 13, Fossebridge Road, elle se rendit compte qu'elle n'avait aucune envie de la voir débarquer chez eux.

— Oui, c'est une bonne idée, répondit Kate.

Elle savait que Kate n'était pas sincère non plus. Néanmoins, elle lui montra comment déplier la planche et lui donna une paire de draps qui n'étaient pas repassés, mais qui sentaient relativement bon. Elle lui souhaita bonne nuit et, heureusement, ne chercha pas à l'embrasser. Enfin seule, Maureen put enfiler sa chemise de nuit et se brosser les dents. Elle prit son magazine de jeux, mais le fit tomber par terre. Elle était tellement fatiguée qu'elle n'eut pas le courage de se pencher pour le ramasser. Elle s'allongea dans son lit. Enfin, « lit » était un bien grand mot. Cette chose qui se dépliait avec son matelas bosselé n'avait rien d'un lit, mais elle fit de son mieux pour se détendre. Elle était à bout de forces. Malgré l'inconfort, elle dut finir par s'endormir parce qu'elle fut réveillée par des voix qui chuchotaient à l'extérieur et entendit une horloge sonner dix heures.

— Ça va, Kate ?

C'était sa fille, la jeune femme tatouée à la voix douce. Maureen ouvrit grand les yeux comme pour mieux entendre.

— Ça va, oui, répondit Kate.

— Où est-ce que tu vas dormir, du coup ?

— Je vais squatter chez une copine. C'est pas un problème.

— Alors, c'est quoi cette histoire ? Cette Maureen ?

— Oh, une femme qui n'a pas eu une vie très marrante.

Elle se mit à parler plus doucement et Maureen ne comprenait plus ce qu'elle disait. Puis elle entendit des portes claquer et des voix de femmes qui s'interpellaient en riant et en échangeant des nouvelles pour savoir si l'une ou l'autre avait besoin de quelque chose.

— Bonne nuit, ma belle ! Bonne nuit !

Le silence s'installa peu à peu, mais Maureen était trop mal à l'aise pour se rendormir. Elle avait la même impression que quand, enfant, elle se sentait décalée avec ses vêtements prétentieux et ridicules, mais qu'elle ne pouvait rien y changer parce que son monde ne présentait aucune alternative. Elle songea à la bienveillance avec laquelle toutes les femmes du campement s'interpellaient les unes les autres, à leur proximité évidente, à Kate qui lui avait proposé ce qui lui tenait lieu de lit, et se dit qu'elle ne serait jamais aussi spontanée. Elle se redressa, ouvrit son sac à main pour prendre un mouchoir et tomba sur le bout de papier sur lequel elle avait noté les indications de Lenny. Encore une invitation à créer un lien qu'elle avait manquée.

Elle s'assit dans le fauteuil à oreilles en prenant soin de ne pas déplacer l'édredon. Elle ne savait pas quoi faire. Il lui tardait de revenir chez elle, dans sa cuisine, où tout était impeccable et en ordre, jusqu'aux tasses et mugs dont les anses pointaient dans la même direction. Elle s'imagina marcher le long du tapis beige du couloir, passer devant les patères où Harold et elle accrochaient leurs manteaux, entrer dans le salon avec son papier peint à motifs, ses fauteuils tapissés assortis, le manteau de sa cheminée où étaient posés une photo encadrée de leur mariage, un portrait de David et une bergère en porcelaine qui avait appartenu à sa mère. Par association d'idées, elle repensa à la maison où elle avait grandi, qui était toujours froide, et soudain, elle revit sa mère affairée à sa machine à coudre, pendant que son père s'excusait tellement d'être un fardeau qu'il en était devenu un.

Si seulement elle avait pu ressembler aux autres enfants. Si seulement on lui avait appris à s'habiller et à parler comme eux, au lieu d'être tenue à l'écart. À présent elle se revoyait traverser les champs avec son père, alors que le fermier avait lâché ses chiens. Elle revoyait les chiens s'approcher d'eux et aboyer, et son père avancer les mains pour les calmer et lui dire de ne pas courir et de rester tranquille. Mais elle avait refusé d'obéir tandis que les chiens s'approchaient encore, et elle avait décidé de courir. L'un des chiens avait alors sauté et, quand son père s'était interposé, l'avait mordue au menton et mutilé la main de son père. Sa mère avait pesté contre lui et il s'était assis, si plein de remords qu'il ne pouvait même pas regarder Maureen. Sa mère l'avait traité de faible et de bon à rien, et il avait secoué la tête, encaissant tout, et Maureen aurait aimé que pour une fois il se soit défendu. Et pourtant, après sa mort, sa mère avait perdu goût à la vie. Elle était morte moins de trois mois plus tard. Une personne pouvait être emprisonnée dans une version d'elle-même, une version d'un autre temps, et passer à côté du bonheur qui était juste devant ses yeux.

Maureen réussit à somnoler quelques heures et se réveilla le corps ankylosé, mais au moins c'était le matin. Elle remit son pantalon, enfila un chemisier propre, tira les manches de son gilet, mit son manteau et ses chaussures de conduite et prit sa valise. Elle aurait emporté le vin et le chocolat, si elle avait pu les trouver.

Dehors, le ciel commençait à se teinter d'une lueur pâle ; ce n'était pas encore la lumière du jour, c'était juste une nuit moins obscure. Une atmosphère paisible régnait sur le campement. Tous les camions, tous les mobil-homes avaient leurs portes et leurs fenêtres fermées et leurs lampes éteintes, sauf un camping-car d'où Maureen entendit une femme chantonner doucement. Elle eut alors une envie, aussi intense que passagère, que tout s'arrête, pour qu'elle puisse revenir en arrière et tout recommencer. Mais en serait-elle capable ? Elle n'avait pas cette énergie, elle n'était pas faite comme ça. Il ne lui restait plus qu'à garder la tête haute et partir, comme lorsqu'elle était enfant. Au loin, la circulation créait un léger halo le long de l'horizon en direction du nord. Elle appuya sur la clé de sa voiture qui aussitôt s'alluma et s'ouvrit automatiquement. Elle se fit la réflexion que cette machine répondait à ses ordres avec un enthousiasme frivole. Mais elle s'installa au volant.

Elle quitta le campement sans laisser de mot. S'éclipsa sans dire merci ni au revoir. Elle ne reverrait jamais Kate ni son horrible camion, de toute façon. Alors elle partit, tout simplement.

9

Le jardin des reliques

Ce matin-là, le ciel était fouetté par le vent et une lumière dorée jaillissait, tantôt éblouissante, tantôt diluée dans la brume. Mais Maureen percevait tout – la terre, la luminosité, les nuages, même le miroitement de la mer au loin – à travers une autre sorte de brouillard, parce qu'elle ne pensait qu'à une chose, un être, David. Trente ans. Trente ans d'attente et de recherche. Enfin… elle allait enfin le voir. Toute sa personne était tendue vers ce but.

Elle conduisit sans s'arrêter du campement de Kate à Embleton. Elle appela Harold pour vérifier qu'il était réveillé, mais ne lui dit pas un mot de sa soirée de la veille. Elle ne mentionna pas le camion et veilla à ne parler que de la route et du temps. Quand Harold lui demanda ce qu'elle avait pensé de Kate, elle répondit qu'elle s'était couchée tout de suite en arrivant. Elles avaient à peine eu le temps de faire connaissance.

Oh, quel dommage ! s'exclama Harold avec un regret sincère dans la voix. C'est quelqu'un que j'aime beaucoup.

— Il faut que j'y aille maintenant, Harold, le coupa-t-elle.

À Embleton, Maureen repéra tout de suite la maison d'hôtes Palm Trees, où elle fit un saut pour se présenter. La réceptionniste était une jeune femme aimable, assise dans un petit box avec un palmier en plastique sur le bureau. Sa chambre était prête, lui confirma-t-elle, mais Maureen répondit qu'elle voulait juste déposer sa valise avant d'aller visiter un jardin.

— Le jardin de Queenie ? Le jardin des reliques ? répliqua la jeune fille avec un accent chantant du Northumberland. C'est juste après le club de golf. Vous ne pouvez pas le rater. C'est là qu'on a dispersé les cendres de ma mère ! La promenade est sublime !

Peut-être, mais Maureen n'avait pas l'intention de se promener. Elle conduisit jusqu'au club de golf et, voyant que la route finissait en cul-de-sac, se gara aussi près du jardin qu'elle le put et parcourut les derniers mètres à pied sans se retourner une seule fois, marchant droit devant elle. Elle noua un foulard autour de ses cheveux, mais le vent faisait claquer le bas de son pantalon et lui battait les chevilles. Au-delà du cul-de-sac s'étendaient une immense plaque de mer et un ciel infini.

Elle suivit un sentier qui traversait le terrain de golf en direction du rivage. Plusieurs bungalows en bois étaient éparpillés sur les dunes, minuscules devant l'immensité de la mer ; elle les prit comme points de mire pour se diriger. Au bout du terrain de golf, à l'endroit où le sentier bifurquait vers la gauche, un panneau de contre-plaqué peint à la main mentionnait « Le Jardin de Queenie » ; un peu plus loin, un deuxième écriteau désignait le chemin à suivre en passant par un petit pont. Maureen fut contrariée par ces indications. Elle savait bien qu'elles étaient là pour guider les visiteurs, mais elle aurait dû être capable de s'orienter instinctivement ; or ce n'était pas le cas, et le fait que toute cette signalisation lui soit effectivement utile la lui rendait encore plus agaçante.

Arrivée sur le sable, elle dut faire attention à ne pas mouiller ses chaussures de conduite, parce que le terrain était sillonné de coulées boueuses. C'était la marée basse. Des bandes de goélands et d'huîtriers s'égayaient dans le ciel. Le vent projetait des gerbes d'écume qui fusaient et se déversaient sur la terre avant de se briser et de s'évanouir. Au loin, sur sa gauche, les ruines du château de Dunstanburgh se détachaient contre le ciel, telle une immense pièce de puzzle. Maureen n'avait qu'une question en tête : « David, David, David, où es-tu ? »

Les panneaux indicateurs étaient plus nombreux au pied des dunes, et décorés de guirlandes d'algues, de fleurs en plastique et de colliers de coquillages. *Bienvenue ! Willkommen ! ¡Bienvenido! Välkommen ! Hoş geldin ! Witaj !* Elle ne voyait pas l'intérêt de toutes ces langues étrangères. C'était juste de la frime.

À partir de la plage, les panneaux dirigèrent Maureen vers une sorte d'escalier creusé dans la dune qui menait à un nouvel ensemble de bungalows. Il était tellement raide qu'il tenait davantage de l'échelle, et ses marches en bois étaient couvertes de sable. Une corde bleue aidait à l'ascension, mais ce n'était pas suffisant et Maureen l'escalada en s'agrippant aux herbes épaisses. Divers objets commémoratifs apparaissaient déjà. Une couronne de plastique décorée de babioles rouge vif. Un bouquet de lys artificiel. Le vent était de plus en plus violent et soufflait bruyamment à ses oreilles. Maureen arriva au pied du premier bungalow, une bicoque en bois avec des marches un peu bancales et une véranda, dont la porte et les volets étaient fermés avec un cadenas. Le bungalow suivant était peint en vert, avec des rideaux assortis aux fenêtres ; le troisième ressemblait à une vraie petite maison avec un toit en ardoise. Les panneaux indiquant « Le Jardin de Queenie » se succédaient toujours. Elle commença à distinguer le contour de certaines formes qu'elle avait repérées sur l'écran de son ordinateur, des sortes de totems. Brusquement saisie d'un doute, elle ralentit : que voulait-elle ? Que cherchait-elle exactement ? Elle était obnubilée par l'idée de voir David, mais jamais elle ne s'était demandé ce que ça signifiait concrètement. Que se passerait-il une fois qu'elle serait à l'entrée du jardin de Queenie ?

Aucune des images qu'elle avait vues sur Internet ne l'avait préparée à découvrir physiquement ce jardin. Maintenant qu'elle y était, le lieu ne ressemblait à rien de ce qu'elle avait imaginé. Il lui semblait encore plus mystérieux. Elle n'avait aucune idée où David pouvait se trouver.

L'herbe rêche sur laquelle elle marchait cédait la place un peu plus loin à une mosaïque de galets, de silex et de pierres de différentes couleurs disposées en carrés et en cercles, entrecoupée de squelettes de plantes qui n'avaient pas résisté à l'hiver et de buissons d'ajoncs évoquant les flammes d'une bougie. Çà et là avaient été déposés des morceaux de bois flotté, dont une pièce plus imposante au centre, entourée de toutes sortes d'objets dont la taille dépassait rarement celle d'une cuillère : des spirales de fer, des anneaux tordus, de grosses chaînes rouillées auxquelles étaient accrochés des jeux de clés, des pierres percées, des bouts de plastique et de bois… Il y avait aussi des bannières flottant entre deux poteaux, des dizaines et des dizaines de bocaux de verre contenant des bougies. Ces installations étaient déjà étonnantes en soi, mais elle fut encore plus surprise par le nombre de personnes qui se trouvaient là.

Au fond du jardin, elle avisa deux hommes qui montraient du doigt différents éléments en hochant la tête comme pour exprimer leur commune admiration. Un jeune couple se tenait là, muet, main dans la main, face à une petite pyramide de pierres. Une femme était assise sur son manteau avec un carnet et un crayon et dessinait ce qu'elle avait devant elle, tandis qu'un type vêtu d'un blouson de motard accrochait un cadenas à une chaîne. Peu à peu, Maureen repéra une sorte d'allée qui traversait le jardin et menait à la petite maison peinte au fond. Elle avait l'impression de découvrir un monde entièrement nouveau, comme les abysses où la nature déploie une vastitude et une variété qui dépassent tout ce qu'on a imaginé ; un monde face auquel on se sent tout petit de n'avoir pas pu s'attendre à ses merveilles.

Elle perçut un frémissement dans un coin du jardin et sursauta en découvrant à côté d'elle une femme coiffée d'un bonnet avec un pompon de chaque côté de la tête et penchée en avant. Elle devait avoir une soixantaine d'années et était en train de retourner un carré de pierres avec une truelle.

Maureen resta à l'extérieur du carré. Quelque chose l'empêchait d'aller plus loin, mais elle n'était pas encore prête à partir. À force de l'observer, se disait-elle, elle finirait par trouver un sens au jardin. Pendant ce temps, les autres visiteurs continuaient à l'explorer librement. La lumière du soleil perça obliquement les nuages mouvants et stria la surface de la mer de rayures d'or. La femme posa enfin sa truelle.

— Je peux vous aider ? proposa-t-elle.

— Non, merci, répondit Maureen.

Alors chacune resta à sa place respective. Maureen essayait de repérer David dans cette forêt de souvenirs et de sculptures, mais elle ne savait pas exactement ce qu'elle cherchait – elle ne voyait rien qui lui évoquât son fils. Et comme par hasard, juste au moment où elle en aurait eu besoin, il n'y avait aucun panneau. En plus, avec tous ces gens autour d'elle, Maureen se sentait maladroite, inquiète de l'image qu'elle renvoyait. Elle esquissa quelques pas sur sa gauche, mais comme elle ne s'y retrouvait toujours pas, elle revint là où elle était. La femme au bonnet à pompons posa de nouveau sa truelle et se redressa.

— Excusez-moi. Vous êtes perdue ?

— Non. Ça va.

— Vous cherchez quelque chose ?

— C'est gentil. Je vais me débrouiller.

L'inconnue la dévisagea un long moment. Son bonnet accentuait les rides de son visage qui formaient comme des entailles le long de ses joues.

— Vous ne voulez pas entrer ? demanda-t-elle. Pour jeter plus qu'un coup d'œil ?

Malgré la bizarrerie de son invitation, vu qu'il n'y avait pas de clôture séparant l'intérieur de l'extérieur, Maureen comprit aussitôt ce qu'elle voulait dire. Il y avait d'un côté cet espace sacré, le jardin ; et de l'autre tout ce qui n'était pas le jardin et dont faisaient partie les dunes et les oyats. Maureen ne bougea pas, les poings serrés, jusqu'au moment où la femme s'approcha, puis s'effaça devant elle avec un geste de la main qui l'invitait à franchir une porte invisible.

— Par ici, dit-elle en se retournant avant d'entrer dans le jardin.

Maureen la suivit en inclinant la tête – sans savoir pourquoi elle avait eu ce geste. Comme les gens qui se signent en entrant dans une église, sauf qu'elle n'était pas pratiquante. En plus, elle n'avait aucune idée de l'endroit où cette femme voulait l'emmener.

L'allée qu'elle avait repérée était loin d'être rectiligne, au contraire, elle serpentait entre les rochers, les morceaux de bois flotté et les cercles de pierre. Maureen aperçut des objets qui faseyaient au vent tel le linge que l'on suspend dehors ; en s'approchant, elle comprit qu'il s'agissait de photos de visages, souvent accompagnées de mots écrits à la main, et de petits souvenirs inattendus : chaussures, croix, clés ou cadenas glissés entre deux pierres. Partout avaient été déposées des bougies et des statuettes faites de bouchons et de bouts de plastique ou de mousse de différentes couleurs. Une rafale monta de la mer, suivie par un concert de clochettes et de carillons, les rubans et les guirlandes d'algues s'envolèrent.

Maureen avançait lentement, comme si elle se méfiait des pierres qui auraient pu la faire glisser à tout moment. Elle pensa au jour où Queenie lui avait rendu visite avec des fleurs et avait attendu qu'elle finisse d'étendre le linge de son fils qui venait de mourir. Pendant ce temps, autour d'elle, les gens levaient les yeux en la voyant avancer lentement, et certains souriaient. Une fois de plus, elle avait l'impression de ne pas être faite pour la situation. D'être une intruse. Des années plus tard, elle regrettait de ne pas avoir été plus aimable avec Queenie.

— Je m'appelle Karen, se présenta la femme. Je suis bénévole. Je travaille ici deux jours par semaine. C'est la première fois que vous venez, n'est-ce pas ?

— Oui.

— Je m'en doutais. Je me souviens de ma première visite. J'étais en larmes. Le site est très impressionnant.

Elle sourit chaleureusement à Maureen, comme si elle s'attendait à ce qu'elle se mette à pleurer. Maureen se détourna. Le soleil avait de nouveau percé les nuages et resplendissait sur le jardin, faisant briller les morceaux de bois flottés d'une lumière or et mauve. Les carillons lançaient des éclairs argentés.

— Vous jardinez ?

Maureen répondit que oui, elle jardinait, mais seulement des légumes.

— Queenie aussi cultivait des légumes. Elle avait un faible pour les coloquintes décoratives.

— Ça, je n'ai jamais essayé. Je cultive des légumes plus… ordinaires. Des haricots, des pommes de terre, ce genre de choses.

Elle resserra le nœud de son foulard.

— La plupart des gens viennent en été quand il fait beau. Mais Queenie préférait l'hiver. Je suis comme elle. Évidemment, quand on travaille dans un jardin toute l'année, on finit par le connaître comme si c'était un être humain. Chaque recoin a son petit secret. Vous la connaissiez ?

— Non, répondit précipitamment Maureen.

— C'était quelqu'un de spécial. Elle a offert son jardin aux habitants d'Embleton Bay. Au début, personne ne savait qu'en faire. Peu à peu, c'est devenu une attraction touristique. Aujourd'hui il y a des gens qui viennent du monde entier pour le voir. Même de Chine.

Maureen n'en savait rien. Et personne ne lui avait jamais dit qu'elle était spéciale, à part son père quand elle était petite, et voilà où ça l'avait menée. Elle s'efforça de sourire, mais n'y parvint pas.

— Spontanément, les gens ont commencé à déposer des objets. Des cadenas surtout, les premiers temps. Si vous saviez le nombre de cadenas que nous avions ! Puis ils ont apporté des objets plus personnels, notamment des photos, des poèmes glissés dans des bouteilles, et même leurs propres sculptures. Au début, on enlevait tout. Jusqu'au jour où on s'est dit que Queenie aurait sûrement voulu que ces objets restent. Après tout, elle était conservatrice.

Elles passèrent devant plusieurs rochers sur lesquels étaient gravés des noms et, plus loin, un oiseau bleu vif fabriqué avec des tessons de verre.

— Un jour, quelqu'un m'a dit qu'il y avait plein d'amour dans ce jardin, ajouta Karen. Depuis, plusieurs personnes m'ont dit la même chose. Ils trouvent même que ce jardin produit un son particulier – mais les gens croient toutes sortes de choses. Ce son particulier, c'est juste le vent.

Elle parlait à voix basse, comme si elle s'adressait à elle-même.

— Vous avez vu cette petite chaussure ?

Elle montrait du doigt une chaussure si minuscule qu'elle avait dû appartenir à un nouveau-né. Les intempéries en avaient délavé le cuir et du lierre s'enroulait autour d'elle, la fixant avec des coquillages au cœur d'une grande croix de bois flotté.

— Ça me fait plaisir de voir que quelqu'un s'est autorisé à déposer cette chaussure.

Karen montra à Maureen une sculpture en forme de cœur faite avec du fil barbelé.

— Là, en revanche, je me demande ce qui s'est passé, dit-elle.

Elle se dirigea ensuite vers une rangée de photos et promena un doigt sur chaque visage comme pour marquer sa présence. Non loin se dressaient des totems fabriqués à partir de bois flotté et de vieux outils de jardinage, dont l'un comprenait une figurine de chien et un autre, un crâne d'oiseau. Karen évoquait les gens qui avaient déposé ces souvenirs, notamment un homme dont le mari était mort dans un accident de voiture et une éleveuse que la crise de la vache folle dans les années 1980 avait ruinée.

— Des gens de tous les horizons, dit-elle. J'avoue que leurs histoires me touchent.

— Parce qu'ils déposent des objets ?

Maureen avait toujours du mal à concevoir que l'on pût trouver beau ce jardin. Elle comprenait encore moins que les gens s'autorisent à y laisser des parts d'eux-mêmes. Des objets si profondément personnels et intimes qu'ils étaient forcément irremplaçables.

Karen lui apprit qu'il y avait encore les souvenirs déposés à l'origine par Queenie. Elle avait trouvé une place pour ses parents – elle lui montra un monument conçu autour d'une bêche et un autre fait d'une grosse branche, ainsi qu'un rideau de plumes.

— Ça, ce sont les amies artistes avec lesquelles elle a vécu un certain temps. Mais les plumes sont fragiles, elles s'envolent facilement, dit-elle en riant. Il faut tout le temps en trouver de nouvelles.

Elles étaient au milieu du jardin, à côté du plus gros bois flotté.

— Queenie avait un ami à qui elle était très attachée, je crois. Elle a dû déposer ce bois flotté en sa mémoire.

Maureen n'entendait plus rien. Elle était sous le choc. Son visage tremblait, comme si quelque chose s'effondrait derrière ses yeux et sa bouche.

Elle regarda le monument que Karen montrait du doigt. C'était une énorme bille de bois de trois mètres au moins. Tellement dense qu'on aurait dit qu'elle venait d'un vieux navire. Elle savait que Karen disait vrai. Si Harold ressemblait à quelque chose, c'était à cette poutre. Inébranlable. Solide. Elle aurait aimé en caresser la surface, les stries, les nœuds. S'appuyer contre ce corps si large et se sentir réconfortée.

— Mais le seul morceau de bois qu'elle a baptisé est celui qu'elle appelait David.

Maureen n'était pas prête à entendre cela. Ses pensées étaient entièrement tournées vers Harold, et les mots dc Karen la cinglèrent comme un coup de fouet. Comme quand on est frappé par surprise, sans l'avoir vu venir. Entendre le prénom David prononcé par une inconnue lui fut aussi violent que de découvrir son corps au funérarium.

— David ? dit-elle.

— Il est mort jeune. Il a mis fin à ses jours, je crois.

Maureen ne savait pas quoi dire. Elle ne savait pas comment se ressaisir. Elle ne savait même pas où chercher.

— Lequel est David ? demanda-t-elle.

— Justement, répondit Karen en souriant. Je me suis longtemps trompée. Je pensais que c'était celui-là, plus loin.

Elle indiqua un grand morceau de bois flotté un peu à l'écart, avec un trou creusé au milieu. Il avait dû mesurer au moins un mètre de haut, mais il était tellement corrodé qu'on se demandait comment le bois n'avait pas éclaté, surtout avec ce trou à travers lequel on pouvait voir ce qu'il y avait de l'autre côté.

— Ce n'est peut-être pas la chose la plus triste que j'aie jamais vue, dit Karen calmement, mais cela en fait partie.

— Ce n'est pas David ?

— Non. Je ne pense pas que ce soit quelqu'un en particulier. C'est juste une bille de bois flotté que Queenie a récupérée parce qu'elle lui faisait de la peine. David, c'est celui-là, dit-elle en indiquant une sorte de sculpture plantée au milieu des galets. Vous voyez ?

Maureen n'était plus qu'une boule de nerfs. C'était un cauchemar. D'une cruauté sans nom, pire que les bleus au cou que l'agent des pompes funèbres avait essayé de maquiller. Il n'y avait pas de mots. Pas de mots pour décrire l'effroi qu'elle ressentit lorsqu'elle vit ce terrible morceau de bois flotté. Elle eut un vertige. L'impression qu'on lui arrachait un membre. Le monument était en forme de V, de moins d'un mètre de haut ; son bois, qui avait viré au gris-noir à cause des intempéries, était noueux, tourmenté, comme une lyre cassée ; l'érosion avait taillé en pointe ses deux extrémités. Contrairement à la poutre creuse que Karen venait de lui montrer, elle n'avait rien de tragique. Mais elle avait quelque chose de furieux, de violent, de farouche, d'inexorable. Maureen pensa à la chambre de son fils qu'elle avait fait l'erreur de peindre en jaune. À la plaque et aux petites pierres vertes du crématorium qu'elle entretenait si soigneusement, au fait que David n'était ni là-bas ni ailleurs, quel que soit l'endroit où elle s'entêtait à le chercher. Mais David était ici. Face à elle. À la fois trop fragile pour vivre dans ce monde et débordant de jeunesse, de complication, de fougue et d'arrogance. Elle se demandait comment ce morceau de bois avait fait pour résister aux vents et aux pluies ; pourtant, il était bien là, sous ses yeux, au cœur du jardin de Queenie. Elle pensa à toutes ces années où elle avait appelé David, toutes ces années où elle l'avait attendu, alors qu'il était là, depuis toujours. Protégé par Queenie. Elle éprouva une sorte de désespoir physique, comme s'il n'y avait pas assez de place en elle pour contenir ou mettre en ordre tout ce qui était en train de se passer.

— Voudriez-vous voir d'autres carrés du jardin ? lui demanda Karen. Ou vous avez trouvé ce que vous cherchiez ?

Maureen sentit son cœur rétrécir à l'intérieur de sa poitrine, comme pour se défendre. C'était une sensation qu'elle avait déjà éprouvée, enfant, et quand Harold était parti marcher, et encore une fois dans le camion de Kate : la sensation d'être comparée à quelque chose qu'elle ne comprenait pas et ne comprendrait jamais.

— Vous êtes sûre que ça va ?

Maureen hocha la tête. Incapable de prononcer un mot.

— Je peux vous proposer quelque chose ? Un verre d'eau ?

Elle parvint à articuler un « non ». Et même à le faire suivre d'un « merci ».

Elle longea les dunes d'une démarche vacillante et précipitée avant de redescendre vers la plage. Elle sentait que Karen la suivait du regard, à tel point qu'elle avait l'étrange impression de se dédoubler et de se voir de loin, comme si elle était autre, seule, séparée du monde, séparée d'elle-même.

10

Une nuit agitée

Ce soir-là, dans la maison d'hôtes Palm Trees, Maureen commanda un dîner léger, qu'elle prendrait tôt. Après avoir visité le jardin de Queenie, elle avait marché en direction du château de Dunstanburgh parce qu'elle avait besoin de bouger, mais elle n'y avait trouvé aucun réconfort. Rien ne parvenait à la distraire de ses pensées. Une fois dans sa chambre, elle n'avait même pas eu le courage de faire des mots croisés.

La salle à manger était brillamment éclairée, et décorée d'une kyrielle de palmiers en plastique, de toutes les formes et de toutes les tailles. Assis à côté d'elle, un couple bien mis essayait de convaincre leur fils de travailler davantage pour réussir ses examens. Maureen avait beau se concentrer sur son assiette pour ne pas écouter, elle avait l'impression d'être à leur table. Le fils n'arrêtait pas de passer la main dans sa tignasse en répondant que c'était cool, qu'il ne fallait pas qu'ils s'inquiètent, tandis que sa mère répondait d'une voix qui résonnait :

— Je ne comprends pas. Qu'y a-t-il de « cool » à ce que tu loupes tes examens ? Explique-lui, Peter. Si tu ne fais aucun effort, tu n'arriveras jamais à rien.

« Dieu du ciel, pensa Maureen, combien de temps va-t-il falloir que je supporte ce genre de scènes ? » Elle se leva, plia sa serviette et abandonna son assiette à peine entamée. Sa bouche avait renoncé à manger.

Sa chambre n'avait pas grand-chose à voir avec les photos sur Internet. Elle était étroite et pleine de courants d'air, avec une moquette criarde qui avait dû être posée dans les années 1950. Maureen prit une douche puis se rhabilla avant de s'envelopper dans une couverture rouge qu'elle avait sortie de sa housse en polyéthylène. On aurait dit qu'elle venait d'être secourue après un accident. Elle ne savait pas comment elle arriverait à dormir. Le minibar était vide.

Elle appela Harold pour lui dire qu'elle allait se coucher tôt parce qu'elle voulait partir d'Embleton à la première heure le lendemain matin.

— Alors ? Tu as vu le jardin de Queenie ?

— Oui.

— Comment tu l'as trouvé ?

— Je l'ai trouvé… bien.

— Et tu as vu… ?

Il ne pouvait pas. Il ne pouvait pas prononcer son nom. C'est elle qui fut obligée de le faire à sa place.

— Non, dit-elle. Je n'ai pas vu David. Kate s'est trompée. Il n'y est pas.

— Ah…

Elle perçut de la tristesse dans sa voix. De la déception, une fois de plus. Elle n'aurait jamais dû lui parler de ce jardin. Elle aurait mieux fait de laisser tomber. Si elle n'avait pas tant insisté, Harold aurait oublié petit à petit et cela n'aurait pas été plus mal.

— Bon, lâcha-t-il.

— Honnêtement, je me demande pourquoi je suis venue.

— Tu rêvais de découvrir le jardin de Queenie.

— Je sais. Mais je me demande pourquoi je me suis convaincue que c'était une bonne idée. Je ne sais pas ce que j'attendais de cette visite.

— Alors, il est comment ?

Maureen revoyait la grande sculpture en bois flotté et celle qui était en forme de V, juste à côté. Elle se souvenait d'avoir eu envie de caresser la première, de sentir sa force, sa solidité ; Queenie avait dû avoir la même envie. Elle se rappelait la dernière lettre qu'elle avait envoyée à Harold, pleine de points de suspension et de gribouillis, écrite avec une telle fougue que les feuilles en avaient été trouées. Qu'elle était sotte de l'avoir rangée au fond d'une boîte à chaussures. De l'avoir conservée et protégée, alors qu'elle aurait dû la détruire. Oui, elle aurait dû la tailler en pièces consciencieusement, avec des ciseaux. Elle avait eu raison de se méfier de Queenie le jour où elle avait débarqué alors qu'elle étendait son linge : elle avait toujours voulu lui voler Harold. Maureen sentait revenir une vieille et douloureuse amertume. Une vieille jalousie. Elle fit une pause, respira profondément.

— Maureen ?

— Harold, je suis incapable de te parler de Queenie et de son jardin. C'est moi qui tenais à venir, j'en suis consciente. J'ai eu tort. Ce voyage n'a aucun sens. Il vaut mieux oublier toute cette affaire.

Mais elle savait que c'était faux. Harold serait peut-être capable d'oublier, mais pour elle, il n'y avait aucune porte de sortie. Oui, elle pouvait oublier sa vie à elle. Elle pouvait oublier les chiens qui les avaient attaqués, son père et elle, parce qu'elle ne lui avait pas obéi, même si, plus tard, il en avait endossé la responsabilité. Elle pouvait oublier l'humiliation qu'elle avait ressentie quand elle n'avait pas été admise à l'université, ou le béret qu'elle avait par la suite jeté à la poubelle. Elle pouvait oublier le soir où elle avait vu Harold pour la première fois, alors qu'il dansait comme un fou et qu'elle n'avait d'yeux que pour lui, comprenant que sa vie avait déjà basculé et qu'elle ne pourrait plus jamais revenir en arrière. Elle pouvait même – avec l'aide de Dieu – oublier ses récentes erreurs d'une manière ou d'une autre, mais jamais elle n'oublierait les deux monuments que Queenie avait offerts à Harold et David. Parce qu'ils étaient beaux. C'était plus fort qu'elle, elle le savait. Elle le savait même si profondément que sa conviction était comme gravée sur ses os. Queenie avait adopté Harold et David et les avait magnifiés, alors que tout ce qu'elle, Maureen, avait réussi à créer, c'était une chambre vide et une plaque encadrée de petites pierres vertes. Il ne lui semblait pourtant pas que ce soit trop demander que d'aller jusqu'au bout et, regardant en arrière, de ne pas être emplie d'horreur et d'amertume devant tous ces ratages, toutes ces erreurs répétées, avec le sentiment de retomber toujours dans le même trou.

— Maureen, tu es là ?

— Oui.

— Tu ne dis rien.

— Je suis épuisée.

— Tu t'es bien entendue avec Kate ?

— Je te l'ai déjà dit. Je ne suis pas restée longtemps.

Elle pinça les lèvres et changea de sujet.

— Tu as dîné ?

— Quand ?

— Aujourd'hui.

— Oui. On s'est fait un bon petit dîner.

Nouvelle pause. Nouveau « je ne sais pas quoi dire ».

— C'est bien. Bonne nuit, Harold.

— Bonne nuit.

Maureen avait l'impression d'avoir pris dix ans en deux jours. Elle se sentait vieille, rincée, vide.

Elle passa une nuit blanche. La troisième d'affilée. Comme si elle planait au-dessus de la surface du repos. Elle était là, allongée, les yeux grands ouverts, tendue, prisonnière de ses propres pensées, sursautant au moindre bruit de radiateur, au moindre coup frappé aux portes. Cela lui rappelait la période qui avait suivi la mort de David, quand elle avait l'impression que se laisser aller au sommeil était une trahison, quand elle passait des heures dans la chambre de son fils, protégée par ses rideaux bleus, refusant de croire ce qu'elle savait pourtant être vrai. Mais elle finit probablement par s'assoupir, parce qu'elle fut réveillée par le vent qui fouettait sa fenêtre et se demanda où elle était. Des chiffres rouges flottant dans l'obscurité lui apprirent qu'il était 5 h 17. Dans son demi-sommeil, elle savait que quelque chose de déterminant s'était produit, mais elle ne se souvenait pas vraiment de quel événement il s'agissait, jusqu'au moment où elle sentit la couverture sur elle et fut traversée par un vif influx de douleur. Oui, elle avait conduit jusqu'à Embleton Bay pour y retrouver David, dans le jardin de Queenie. Elle était venue soulager une blessure, extraire une écharde, mais ce qu'elle y avait découvert avait planté en elle des centaines d'épines supplémentaires.

Inutile d'essayer de se rendormir, elle n'y parviendrait pas. Elle alluma la lampe et tâtonna pour trouver ses mots croisés, mais elle était obsédée par l'image du jardin. Ses yeux lui piquaient comme s'ils étaient pleins de sable ; et sa tête lui semblait prise dans un étau. « Ce n'est peut-être pas la chose la plus triste que j'aie jamais vue, mais cela en fait partie » : les paroles de Karen devant le morceau de bois flotté troué au centre lui revenaient en boucle.

Maureen revoyait le regard qu'avait eu Queenie pour elle à l'époque, le jour où elles s'étaient retrouvées devant le fil à linge. Un regard à la fois demandeur et empreint de pitié. Un frisson la parcourut. Elle s'habilla, enfila son manteau, ses chaussures, éteignit la lampe dans la foulée et traîna sa valise hors de la chambre – évidemment ces idiotes de roues se bloquèrent entre la moquette et le parquet du palier, si bien qu'elle dut tirer de toutes ses forces. Elle pensait trouver la réceptionniste assise derrière son comptoir, mais il n'y avait personne, tout était éteint. Alors elle déposa la clé de sa chambre à côté du faux palmier et sortit.

Elle n'avait qu'une envie, quitter cette maison d'hôtes le plus vite possible.

11

Anna Dupree

Quelle rage. Mais quelle rage. Elle avait l'impression d'avoir une colonne de feu dans la poitrine. Comment Queenie avait-elle osé ? De quel droit ? Jamais, depuis qu'elle avait quitté son club de lecture, Maureen n'avait été aussi furieuse. Tel un fragment de porcelaine d'un blanc argenté, la lune diffusait une lueur glacée sur la terre. Elle marchait en suivant son ombre, trébuchant dans le sable à cause de ses chaussures de conduite. Au loin, la surface de la mer ondulait et les vagues surgissaient de l'obscurité. L'odeur d'iode lui picotait les narines et son visage était balayé par le vent qui soufflait en rafales, hurlant à ses oreilles. Elle réussit à traverser la baie et à grimper les marches raides en s'agrippant à des oyats, mais la friction des plantes lui brûlait douloureusement les mains. Elle reconnut les bungalows fermés devant le jardin. Sa voiture était garée au bord du terrain de golf, prête à démarrer, valise et sac à main inclus. Queenie pouvait faire ce qu'elle voulait pour les autres, elle pouvait même aller jusqu'à lui voler

Harold, mais elle ne pouvait pas avoir son fils. Elle ne pouvait pas s'approprier David.

De nuit, le jardin n'avait plus la même apparence. En général, les choses semblent plus petites une fois qu'on les a déjà vues, mais là, ce n'était pas le cas. Le clair de lune filtrait entre les sculptures de bois flotté qu'il illuminait une par une. Le vent émettait des sons qui lui étaient inconnus, tour à tour sifflant, bouillonnant, puis soudain muet. Maureen se frayait un chemin entre les sculptures. Quelque chose lui frôla la main et elle tressaillit. Cernée par les statues et les morceaux de bois flotté, elle paniqua : tous ces monuments semblaient l'épier. Il fallait qu'elle en finisse. Et vite.

Elle se hâta vers l'œuvre qui – elle le savait maintenant – représentait son fils. Posa ses mains de chaque côté de la forme en V, agrippa les deux extrémités comme si elle agrippait une paire de cornes, et tira. Rien ne se produisit. Le bois lui glissait entre les doigts et elle ne trouvait pas de prise. Elle réessaya, sans plus de succès. Elle aurait dû apporter des gants.

« D'accord, dit-elle. Si c'est ce que tu veux, très bien. »

Cette fois, elle se pencha de façon à se placer entre les deux branches du V, exactement au milieu, et tira à nouveau de toutes ses forces, mais elle perdit l'équilibre. Sa prise lui échappa, elle vacilla et bascula en arrière. Le sol se déroba sous ses pieds et elle s'écroula. Elle entendit un craquement aigu et sentit une douleur insoutenable. « Mon Dieu, pensa-t-elle. Pourvu que ce ne soit pas mon fils. »

Elle mit plusieurs instants à comprendre ce qui s'était passé. Plusieurs instants qui n'étaient pas liés les uns aux autres, mais se succédaient en staccato, comme par à-coups. Plus rien n'était en place. Elle était allongée sur le dos. Le ciel. Elle regardait le ciel nocturne. Les étoiles, minuscules, scintillaient. Quelque chose avait claqué contre sa nuque. Sa colonne vertébrale était engourdie. Elle essaya de respirer, cela lui fit mal. Elle arrêta. Bougea ce qui devait être sa jambe. Oui, c'était sa jambe. Qui lui faisait mal aussi. Elle n'était plus sûre d'avoir des orteils. Elle essaya de bouger et entendit un gémissement, comme la plainte d'un animal tombé dans un piège, puis comprit que c'était elle qui l'avait émis. Elle renonça à bouger et resta allongée. Prit une inspiration. Puis une autre. Elle commençait à avoir froid.

« Maureen, dit-elle. Lève-toi. »

Mais, malgré toute sa bonne volonté, elle en était incapable. Elle ne pouvait bouger ni ses bras, ni ses pieds, ni sa tête. À peine essayait-elle de remuer qu'une douleur atroce au cou la clouait au sol. Elle n'avait qu'une envie : fermer les yeux et dormir.

« Maureen, dit-elle de nouveau, plus fort cette fois. Allez, bouge-toi ! »

Peine perdue. Elle pouvait se donner tous les ordres qu'elle voulait, ça ne changeait rien. Elle n'y arriverait jamais. Elle souffrait trop.

— À l'aide ! s'écria-t-elle. Au secours !

Rien ne répondit, rien n'apparut.

La sculpture d'Harold n'était qu'à quelques mètres d'elle. Maureen commença à ramper sur le dos pour s'en approcher, centimètre par centimètre. Elle avait l'impression que son corps était un assemblage de pièces fragiles et désordonnées. En maintenant son cou le plus raide possible, elle essaya d'atteindre la structure de bois, mais elle en était empêchée par les pointes acérées de douleur qui la traversaient au moindre mouvement. Si elle ne bougeait pas son cou, elle y arriverait. Elle roula sur le côté. Elle prit appui sur un bras, puis sur l'autre, se traîna sur ses genoux tout en bloquant son cou comme s'il était soudé à ses omoplates, et se redressa prudemment, jusqu'à ce qu'elle tienne debout. Elle appuya son corps contre la sculpture de bois flotté. À peine bougeait-elle le moindre muscle du cou, la douleur fusait.

Elle n'avait plus qu'à attendre que le jour se lève. Elle cala sa colonne vertébrale contre Harold parce que sans lui elle s'écroulerait comme un tas de pierres qui s'éboule. Elle le visualisa dans leur cuisine, l'enlaçant par-derrière pendant qu'elle faisait la vaisselle, mais cela ne servit à rien. Elle était piégée au beau milieu du jardin de Queenie, telle une relique vivante, tandis que les silhouettes et les statues l'épiaient et chuchotaient. Toutes ses pensées la ramenaient à ce fameux soir à la librairie.

L'avait-elle pressenti ? Une zone de son cerveau savait-elle ce qui allait se passer, dès le moment où elle avait réservé sa place pour la rencontre ? « Je suis sûre que vous avez adoré ce roman ! » s'était exclamée la propriétaire de la librairie en serrant le livre contre sa poitrine. Pas du tout. Maureen n'avait pas du tout aimé ce roman. Elle l'avait lu pour son nouveau club de lecture et elle en avait été bouleversée. C'était l'histoire d'une femme dont le fils de vingt ans s'était pendu. Elle était allée jusqu'au bout, parce qu'elle avait décidé de faire partie d'un club de lecture et de jouer le jeu. Sinon, elle l'aurait balancé par la fenêtre. C'était un livre ignoble.

Ce soir-là, la librairie était bondée. Maureen avait choisi une place au bout d'une rangée parce qu'elle voulait être seule, mais au dernier moment on lui avait demandé de se déplacer au cas où il y aurait des retardataires. Elle s'était faufilée en dérangeant ses voisins pour s'asseoir au milieu et avait reconnu les femmes de son club de lecture – Deborah, Alice et les autres –, qui lui avaient adressé un sourire poli. Elle avait le cœur serré, comme enroulé dans des bandes de plastique. Elle avait du mal à respirer.

À sa grande surprise, l'auteure était encore plus jeune qu'elle ne le pensait. Elle ne devait pas avoir trente ans et portait une robe à imprimé léopard, des santiags et une grosse ceinture qui mettait en valeur sa silhouette parfaite. Elle s'était tournée face au public et avait commencé par incliner la tête en joignant les mains en prière. Maureen avait pris tout de suite en grippe cette écrivaine qui jouait les aventurières.

La soirée s'était poursuivie mais elle était ailleurs, comme si elle rêvait, ou comme si elle se souvenait d'une librairie qui lui était apparue en rêve. Elle avait toujours le cœur serré, oppressé, tandis que le reste de son corps semblait vidé. Elle n'avait plus d'os. L'écrivaine parlait de son roman et de sa vie, émaillait son propos de commentaires sur le deuil qui plongeaient le public dans le silence. À la fin, la libraire avait déclaré que c'était la rencontre la plus importante et la plus émouvante de sa vie, puis les gens avaient posé des questions. Quelqu'un avait demandé à l'écrivaine si elle croyait en Dieu. Elle avait répondu qu'elle croyait en l'invisible ; le public avait approuvé de la tête et il y en avait même eu certains pour essuyer quelques larmes. Maureen était tétanisée, à la fois présente et totalement absente. Alors une femme avait levé la main et déclaré : « Ce que je voudrais savoir… »

On avait entendu des chaises grincer. Des rangées de visages s'étaient tournés, méfiants ou intrigués. La libraire avait dit qu'elle était désolée, mais personne ne l'avait entendue ; déjà un jeune homme tenant un micro se frayait un chemin entre les rangées jusqu'à Maureen. Car la femme qui levait la main, c'était elle. La femme qui se redressait les jambes tremblantes en parlant d'une voix trop aiguë, c'était elle – tout en n'étant pas vraiment elle.

« Ce que je voudrais savoir, Anna Dupree, c'est comment vous osez ? »

Maureen ne se rappelait plus exactement ce qu'elle avait dit. Le souvenir de cette soirée faisait comme une série de taches sur son esprit. Il y avait une cloison séparant la zone de son cerveau où les mots se formaient de celle où ils faisaient sens. Maintenant elle était paralysée, comme au bord d'un précipice. Elle se souvint d'avoir demandé à Anna Dupree si elle avait déjà perdu un enfant et si elle pensait savoir l'effet que ça faisait alors qu'elle avait à peine l'âge d'être mère, encore moins d'un fils adulte. De quel droit pouvait-elle écrire sur un sujet auquel elle ne connaissait rien et vendre des millions d'exemplaires dans le monde entier en s'adressant à des gens aussi ignorants qu'elle ? N'avait-elle pas traité Anna Dupree de fumiste ? Oui, elle en était bien capable. N'avait-elle pas dit la même chose des clients de la librairie ? C'était fort probable. Maintenant qu'elle avait commencé à parler, elle ne pouvait plus s'arrêter ; elle savait qu'il le fallait, mais elle savait aussi que dès qu'elle cesserait de parler, il y aurait des conséquences, il se passerait ce qu'il se passe quand une femme comme elle tient ce genre de propos, si bien qu'elle continuait, malgré elle, approchant de plus en plus près du précipice. Une des femmes de son club de lecture la regardait en faisant « non » de la tête et en balançant ses jolis pendentifs, comme pour la supplier : « S'il te plaît, Maureen, arrête, c'est à toi que tu fais du mal. »

Pendant ce temps-là, Anna Dupree l'écoutait, la main sur la bouche, les traits tendus.

Maureen aurait voulu partir sur-le-champ. Plus précisément, elle aurait voulu ne jamais avoir mis les pieds dans cette librairie. Elle aurait aimé tout effacer, mais elle était coincée au milieu d'une jungle de chaises pliantes et de gens bien élevés qui détournaient le regard alors qu'elle était rouge comme une pivoine et sentait son visage brûler ; elle aurait dû se reprendre et s'excuser : « Je suis désolée, ce n'est pas ce que je voulais dire… » Mais c'était trop tard, elle l'avait dit. Du reste, elle le pensait. Et c'était ça le problème. Elle pensait sincèrement ce qu'elle avait dit. Elle pensait chaque mot qu'elle avait prononcé.

Une enfant difficile.

Elle s'était levée et dirigée vers la porte en heurtant avec ses genoux les dossiers des chaises et en repoussant les coudes et les épaules des gens, jusqu'au moment où elle avait senti sur son visage la douceur de cette soirée d'été ; elle avait entendu quelqu'un chuchoter : « Oui, c'est sa femme », et elle avait compris qu'on était en train de parler d'elle et d'Harold. C'était sûr, jamais elle ne reviendrait dans cette librairie. Et quand elle recevrait des mails de son club de lecture, elle se sentirait tellement mal qu'elle les effacerait sans même les ouvrir. Il était hors de question qu'elle accepte de lire un nouveau livre pour ce club. Elle savait aussi que les gens l'éviteraient quand ils la croiseraient au supermarché ; même si Harold disait qu'elle se faisait des idées, ce qui l'agaçait parce qu'il avait l'air de penser qu'elle était paranoïaque. Désormais, elle ferait ses courses en ligne.

Quelques mois plus tard, Maureen était tombée sur une interview d'Anna Dupree dans un supplément du dimanche ; l'écrivaine parlait de son best-seller qui s'était vendu dans le monde entier, puis de sa décision de ne plus écrire de romans à la suite de remarques que lui avait faites une lectrice. *J'ai compris que je ne pouvais plus inventer.* Maureen avait enfoui le journal au fond de la poubelle de recyclage en murmurant : « Ça t'apprendra. » Mais elle ne savait plus si elle s'adressait à elle ou à Anna Dupree.

Ce qu'elle avait fait ce soir-là n'était certes pas la pire des choses que l'on pût faire de même que la sculpture anonyme du jardin de Queenie n'était pas ce qu'il y avait de plus triste. Mais c'était pire que de ne pas arriver à contrôler sa vessie, pire que de se casser la figure en essayant de voler une sculpture dans un jardin, parce qu'elle avait confié au monde sa perte la plus douloureuse et que sa seule récompense était un profond sentiment d'exclusion mêlé de honte. La perte de David était son secret, le rocher contre lequel elle s'était brisée à jamais. Et Maureen était un bâton de dynamite, elle pouvait d'une minute à l'autre exploser dans toutes les directions. Elle était coupée de la vie, irrévocablement, définitivement. Jamais plus elle ne serait libre.

Aux premières lueurs de l'aube, Maureen réussit à traverser le jardin en clopinant. Autour d'elle, les statues et les sculptures étaient à peine des ombres. Elle arrivait plus ou moins à marcher tant qu'elle ne bougeait pas son cou, mais le moindre mouvement de tête provoquait une douleur lancinante dans ses bras. Le soleil levant lançait des éclairs de lumière d'un rose orangé qui se reflétaient dans la mer, ainsi que dans un bras d'eau serpentant dans le sable. La plage était couverte de bois flotté, de bouteilles en plastique et de goémons dont les racines ressemblaient à des phalanges. Maureen tenait à peine debout. Elle ne se rappelait plus quand elle avait mangé pour la dernière fois. Au loin, les rayons de soleil cognaient aux fenêtres des maisons d'Embleton qui semblaient brièvement s'enflammer. Elle avait besoin de se confier à Harold, mais il devait dormir profondément et elle se demandait comment lui expliquer ce qui lui était arrivé. Elle n'était même pas sûre de pouvoir monter dans sa voiture.

Finalement, elle réussit, un membre après l'autre, avec infiniment de prudence. Elle démarra et s'éloigna à une vitesse d'escargot. Il suffisait qu'elle ne baisse pas les yeux vers le levier de vitesse, mais elle ne pouvait pas bouger le cou pour regarder dans le rétroviseur. Tant d'années à essayer de garder la tête haute, et voilà que cela se faisait tout seul… Elle se concentrait sur la route en luttant pour ne pas piquer du nez, mais la douleur lancinante la rendait somnolente. Elle aurait dû faire demi-tour pour aller se reposer dans la maison d'hôtes, mais l'idée d'y passer une seconde nuit lui faisait horreur. Elle entendit le vrombissement d'un fourgon derrière elle, presque à touche-touche. Deux secondes plus tard, le chauffeur la dépassa en lui hurlant de dégager de la route.

C'était trop. Elle n'y arrivait pas. Elle ne savait plus où elle allait. Évidemment, même si elle allait jusqu'au bout du monde, jamais elle n'échapperait à elle-même. Parce que ce n'était pas Anna Dupree qu'elle détestait. Pas vraiment. Ni même son fichu roman, ni les milliers de lecteurs et de lectrices qui l'adoraient. Non, ce qu'elle ne supportait pas, c'était le fait que cette fille ait réussi à sublimer le chagrin pour en faire quelque chose de beau, alors qu'elle, Maureen, qui vivait et respirait ce chagrin à temps plein – comme si elle en avait fait son métier –, en était incapable. Et maintenant, elle savait que Queenie avait réussi à faire la même chose avec son jardin.

Maureen s'arrêta à la première station d'essence ouverte et appela la seule personne qu'elle pouvait appeler.

12

Café moulu

— Maureen ? Qu'est-ce qui s'est passé ?

Kate l'interpellait avant même d'être descendue de son camion. Sa petite-fille, Maple, était assise sur les genoux de sa mère sur le siège passager. Elle s'était garée juste à côté de la voiture de Maureen.

— Je suis complètement bloquée.

— Tu as mal où exactement ?

— Je ne sais pas. Au cou. Partout.

— Tu es prête à te laisser faire ?

Maureen sentit Kate la prendre par les deux mains en lui demandant :

— Ça va ? Tu supportes ?

Puis Kate la hissa délicatement hors de sa voiture. Maureen était gênée, mais elle se laissa porter tout en se demandant que faire de ses mains. Elle ne pouvait pas repousser Kate, en même temps elle n'osait pas l'entourer de ses bras, si bien qu'ils pendouillaient dans le vide. De son côté, Kate souriait, mais Maureen ne savait pas si ce sourire lui était adressé et elle ne savait vraiment pas quoi dire.

Les mains de Kate étaient à la fois douces et fermes. Maureen se laissa guider doucement vers le camion. Kate ouvrit la porte arrière sans cesser de tenir Maureen pendant qu'elle montait les marches, l'une après l'autre, tout en répétant :

— Ça va ? Tu supportes ?

De là, elle l'aida à aller jusqu'au lit qu'elle avait déjà préparé. Toujours sur le siège passager, la petite Maple s'était retournée, observant de ses grands yeux noirs sa grand-mère qui soulevait le corps de Maureen avant de la coucher sur l'édredon et de relever ses pieds. « Quel bonheur de pouvoir s'allonger », pensa Maureen. Elle évitait le moindre mouvement. Elle ferma les yeux. « Je peux mourir maintenant, pensa-t-elle. C'est bon, j'ai eu ma dose. »

— Elle va aller à l'hôpital, la dame ? entendit-elle Maple demander.

— On va s'occuper d'elle, chuchota sa mère. Mais elle a besoin de silence.

Le visage de Kate était si proche que Maureen sentait son haleine de dentifrice et de terre mêlés. Les yeux clos, elle entendait la voix de Kate murmurer :

— Tout va bien, chérie. Voici ce que je te propose. Sarah va déposer ta voiture au campement avant d'aller travailler. Je vais t'emmener à l'hôpital pour que tu te fasses examiner, et après tu pourras te reposer chez moi. Tu n'es pas obligée de me répondre.

Penchée sur Maureen, elle parlait lentement et d'une voix qui semblait étrangement lointaine. Les yeux fermés, Maureen émit un murmure imperceptible pour montrer qu'elle avait compris, mais ne fit pas un geste, trop endolorie pour répondre. Elle préférait rester immobile et qu'on lui parle comme à une enfant, pendant que les vagues de douleur fluaient et refluaient en elle.

Elle sentit quelque chose de ferme se poser sur son crâne ; elle comprit que c'était Kate qui caressait son casque de cheveux blancs.

— Tu as passé un sale moment, mais tout va bien maintenant. Tu peux rester ici aussi longtemps qu'il le faudra. Ça va aller, tu verras.

Maureen ne s'était pas cassé la nuque, mais elle avait une contusion musculaire qui s'était étendue dans tout son dos et une tension artérielle trop basse. Il fallait qu'elle se repose quelques jours. Il n'était pas question qu'elle reprenne tout de suite le volant. Elles étaient à l'hôpital. Kate attendait patiemment avec Maple à qui elle lisait des histoires, et Maureen était assise à côté, raide comme un piquet, rêvant qu'on lui pose une plaque de cuisson contre la colonne vertébrale. Elle osait à peine ouvrir la bouche et ne pouvait bouger qu'en verrouillant tout son corps. Elle avait oublié l'extraordinaire capacité des enfants à écouter la même histoire encore et encore ; la répétition devait leur procurer un réconfort infini.

— Vous avez mal ? lui demanda l'infirmier.

— Ça va, dit elle.

L'infirmier sourit comme s'il savait mieux qu'elle comment elle se sentait et lui donna le premier comprimé d'un traitement d'analgésiques puissants. Il lui montra plusieurs exercices à faire pour soulager son cou et ses épaules.

— Vous avez eu de la chance, Mrs. Fry.

Elle ne lui demanda pas ce qu'il voulait dire par là, parce qu'elle savait qu'il avait raison.

Entre-temps, Kate avait appelé Harold pour le prévenir que Maureen avait fait une mauvaise chute, mais s'en sortirait en se reposant quelques jours. Il n'avait pas besoin de venir. Maureen n'était pas trop gravement blessée, elle pouvait s'occuper d'elle.

— Il voulait te dire un mot.

Elle composa à nouveau son numéro en approchant son portable de l'oreille de Maureen.

— Ma petite Maw, entendit Maureen.

Quel amour dans sa voix !

— Mon bébé.

— Euh, euh, bredouilla-t-elle.

C'était la seule chose qu'elle pouvait prononcer sans avoir mal.

— Ça va ? Tu penses que ça va aller ?

— Euh, euh, euh…

— Tu veux que je vienne ?

— Non. Ça va. Kate est avec moi.

Le médicament commençait à faire son effet.

Plus tard, elle se laissa guider par Kate jusqu'au camion. Elle lui faisait à présent entièrement confiance quand elle la portait. Kate reprit le volant et conduisit lentement jusqu'au campement. Là, elle fit chauffer une grande casserole de soupe et elles dînèrent. Maureen était tellement épuisée qu'elle arrivait à peine à soulever sa cuillère jusqu'à la bouche. Kate prit l'édredon et aida Maureen à se glisser dessous. Étonnamment, le matelas ne lui semblait plus ni cabossé ni bizarre. Kate tira l'édredon jusqu'au menton de Maureen. Elle lui répéta doucement :

— Là, là, ma chérie…

Maureen ferma ses paupières et plongea aussitôt dans le sommeil – peut-être grâce aux antidouleurs. Elle avait plus ou moins conscience de penser à Harold et d'avoir de nouveau envie d'entendre sa voix, mais elle n'avait pas la force d'ouvrir les yeux.

Elle se réveilla en ayant l'impression de sortir d'une espèce de trou noir. Elle ne savait plus exactement pourquoi elle était là, ni même où était ce « là ». C'est alors qu'elle vit Kate, assise dans son fauteuil à oreilles, en train de lire sous une lampe, de grosses lunettes sur le nez. Elle paniqua, comme si elle s'était absentée trop longtemps et qu'elle eût manqué des événements importants. Elle essaya de se redresser, mais elle était percluse de douleurs et resta allongée.

— Repose-toi, murmura Kate en levant les yeux. Je viens d'avoir Harold. Il t'embrasse de tout son cœur. Il est avec Rex.

— Il vous a dit ce qu'ils faisaient ? demanda Maureen, qui se rendormit avant même que Kate ait eu le temps de lui répondre.

La deuxième fois, quand elle se réveilla, Maple était assise sur les genoux de Kate, blottie contre elle alors qu'elle lui lisait une histoire, mais d'une voix tellement basse que Maureen avait l'impression qu'elle chantonnait et ne comprenait pas ce qu'elle disait. Elle n'en avait pas besoin : il lui suffisait de les entendre et de savoir qu'elle n'était pas toute seule. Elle rabattit l'édredon sur sa tête et se rendormit. La troisième fois, le jour était levé et le ciel une immense étendue argentée couronnée par des nuages violets. Le camion était vide.

Quelques minutes plus tard, Kate entra avec un plateau de café et posa deux tasses sur la table. Elle aida Maureen à s'asseoir en la calant avec des coussins, puis lui donna un nouvel analgésique. Elles évitèrent soigneusement d'évoquer le premier passage de Maureen et parlèrent de tout et de rien, notamment de la qualité du café. Kate expliqua à Maureen qu'elle préférait moudre son café elle-même. Maureen répondit qu'elle n'achetait que du café instantané et Kate lui affirma avec conviction que personne n'était obligé de boire un truc pareil. C'était dégueulasse, autant boire de l'eau de vaisselle. Elle faisait son café dans une cafetière en argent qui semblait provenir d'un bazar turc. Elle prit deux jolies tasses bleues et y versa délicatement le café, comme si elle accomplissait un rituel. Maureen but une gorgée – pas plus, son cou était trop ankylosé pour qu'elle puisse en boire une seconde – et s'aperçut que Kate avait raison : son café était divin. Chaud, enrobant, avec une once d'amertume et une petite pointe chocolatée. Ainsi, elles mirent de côté leurs différences, c'était le seul moyen d'avancer.

— Tu veux que je soulève ta tasse pour t'aider ? demanda Kate.

— C'est gentil, je vais me débrouiller.

— Maureen, pourquoi ne veux-tu jamais qu'on t'aide ? Ne serait-ce qu'une fois ?

Elle souleva la tasse de Maureen jusqu'à son menton et maintint sa soucoupe en dessous.

— Je te dois des excuses, dit Maureen.

— Tu ne me dois rien, répondit Kate en souriant. Je suis contente que tu m'aies appelée parce que tu avais besoin d'aide. Je suis heureuse que tu nous aies donné l'occasion de nous revoir.

Leurs tasses étaient vides. Elles se turent un moment, puis Kate tendit le bras vers la main de Maureen et posa la sienne par-dessus. Maureen sentit sa force et sa paume calleuse.

— Comment faire ? Comment faire pour accepter l'inacceptable ? dit-elle en détournant le regard vers la fenêtre.

Après le silence, sa voix emplit la pièce. Maureen tombait de fatigue, comme si c'était de nouveau le soir, et non plus le matin. Kate ferma les rideaux.

— Tu as besoin d'autre chose ? lui demanda-t-elle.

— Non, merci. Tu m'as déjà suffisamment aidée.

— Je te laisse te reposer.

La lumière était tamisée, Maureen s'allongea sous l'édredon et se rendormit.

Plus tard dans la matinée, Kate frappa discrètement à la porte et demanda à Maureen si elle se sentait mieux. Elle avait un service à lui demander : sa fille et elle devaient assister à une réunion de femmes – ça durerait deux heures, pas plus. Pouvait-elle lui confier Maple pendant ce temps ?

— J'hésite, Maureen. J'ai un peu mauvaise conscience de te demander ça. Je voulais juste te proposer d'y réfléchir.

— Je suis contente que tu penses à moi, dit Maureen.

— Tu crois que tu peux y arriver ?

— Peut-être, mais je ne suis pas sûre que Maple m'apprécie.

— Maureen ! s'écria Kate en éclatant de rire. Tu t'entends parler, parfois ? C'est une enfant. Il suffit que tu sois gentille avec elle pour qu'elle t'adopte.

Peu avant que Kate s'en aille, Maple apporta son livre et ses crayons de couleur dans le camion. Kate avait mis un rouge à lèvres écarlate dont Maureen n'était pas sûre qu'il fût du meilleur goût, mais elle s'abstint de faire des commentaires. La fillette se précipita dans les bras de sa grand-mère, accrochée à son cou comme un long collier. Maureen commença à se dire que cette affaire avait peu de chances de marcher. Mais Kate embrassa Maple avant de lui assurer que Maureen était très gentille et de lui dire au revoir. Au début, Maple se méfia de Maureen. Elle s'assit à la table en protégeant son livre et ses crayons avec le bras comme si elle avait peur qu'elle les lui vole. La meilleure chose à faire, comprit Maureen, était de lui ficher la paix.

Elle alla dans la kitchenette pour laver quelques assiettes. Après tout, faire la vaisselle était un excellent antidouleur. Elle dégotta une éponge et fit couler de l'eau chaude avec du savon liquide dans l'évier en plastique.

Derrière elle, Maple était en train de colorier tranquillement quand elle se mit à parler, parler… Elle ne s'arrêtait pas, elle disait tout ce qui lui passait par la tête, sans attendre de Maureen qu'elle lui donnât la réplique. Elle l'écouta attentivement, fascinée : il y avait tellement longtemps qu'elle ne s'était pas retrouvée seule avec un enfant aussi jeune. Elle avait oublié que les petits pouvaient babiller comme ça pendant des heures. La fillette évoquait à la fois une de ses copines, un chien noir et blanc qui aboyait à la ferme, son vélo, et toutes sortes de détails qui n'avaient aucun rapport les uns avec les autres, à part, sans doute, dans sa tête. Tout à coup, elle sauta de son tabouret et le prit pour le poser à côté de Maureen en lui demandant ce qu'elle faisait.

En veillant à ne pas bouger son cou, Maureen aida Maple à monter sur son tabouret et la laissa tremper ses mains dans l'eau savonneuse et laver quelques cuillères. Pendant ce temps, la petite fille s'était remise à bavarder, bavarder… Bientôt, Maureen se rendit compte qu'elle écoutait moins les paroles que la mélodie, parce qu'elle était en train de nettoyer tout ce qui lui tombait sous la main : les robinets, le bord de l'évier en plastique, l'égouttoir, le plan de travail, les pots d'ustensiles, la bouilloire et les éclaboussures sur le mur derrière elle. Elle s'attaqua même à la saleté accumulée dans les prises et autour des boutons des tiroirs ou des crochets pour les torchons. Elle travaillait, rassurée par la sensation de l'éponge qu'elle plongeait dans l'eau chaude, rinçait et essorait, bercée par le babil de Maple, profondément rassérénée de voir que la moindre surface devenait immaculée – alors qu'elle n'avait ni gants en caoutchouc, ni crème à récurer, ni produit désinfectant. Elle rangea les mugs en veillant à ce que les poignées soient toutes dirigées vers la droite. Elle se sentit épuisée. Maple descendit de son tabouret, alla s'installer sur le lit de Maureen et lui demanda de lui lire son livre.

C'était une histoire de lapins. Des lapins qui vivaient dans une vraie maison, pas dans un terrier, et portaient des chapeaux et des manteaux. À la troisième page, Maureen commençait à piquer du nez quand Maple la rappela, et elle éprouva un plaisir venu de très loin en entendant son nom prononcé par un enfant : « Maw'riiin… » Ça sonnait tellement drôle, tellement juste ! Elle reprit sa lecture et tourna la page – maintenant, les lapins préparaient de la soupe –, puis ferma les yeux, s'allongea à côté de Maple et s'endormit.

Quand Kate et sa fille revinrent, la vieille dame et l'enfant étaient allongées sur le lit et dormaient, la bouche grande ouverte. Maureen ronflait bruyamment et Maple était blottie dans le creux de son bras, les joues rosées. Sarah la souleva doucement pour ne pas la réveiller et Kate glissa un coussin contre Maureen.

Elle posa près d'elle une plaquette d'antidouleurs et un verre d'eau pour la nuit.

Le lendemain matin, Maureen réclama le livre de Maple parce qu'elle voulait connaître la fin.

— C'était une jolie histoire, dit-elle, J'ai beaucoup aimé.

Voilà. Le compliment lui était venu spontanément.

13

Sonate au clair de lune

Cela faisait une éternité que personne ne s'était occupé de Maureen avec autant de bienveillance. Elle se sentait même tellement bien qu'elle resta trois jours de plus que prévu dans ce camion qui ressemblait à une grotte pleine de bâtons d'encens, d'attrape-rêves, de petits bouddhas, de pierres de chakra et de lampes roses. Kate cuisinait et lavait le linge. Maureen regardait par la fenêtre, d'où elle voyait son grand pantalon flotter au vent sur le fil, à côté des vêtements de poupée de Maple. Elle regardait la fillette qui faisait du vélo ou jouait avec sa mère. Elle était intriguée par les femmes qui passaient pour discuter ou boire un café. De temps en temps, Maple se blottissait contre elle avec un livre à la main et Maureen arrivait à maintenir son cou de façon à pouvoir lui lire une histoire. Qu'il soit de la couleur de l'aube, nuageux ou caché par les rideaux, elle découvrait le monde à travers une nouvelle fenêtre. Elle était plus détendue ; elle dormait plus profondément ; quand elle se réveillait, elle regardait l'heure et, peu importe que ce soit le matin ou le soir, fermait les yeux et se rendormait. Elle appelait régulièrement Harold qui lui racontait ce qu'il faisait avec Rex : comme toujours, ils jouaient aux dames et observaient les oiseaux. Elle lui demandait s'ils mangeaient correctement et il la rassurait, ils avaient tout ce qu'il fallait, ils venaient de finir un goulasch ou un ragoût, mais il leur restait une tarte et une soupe. La seule chose qui comptait pour lui, disait-il, c'était qu'elle récupère.

— Je suis content que tu sois chez Kate, lui dit-il le troisième jour. Je savais que tu t'entendrais bien avec elle. Si je pense à toutes les personnes avec qui j'ai marché, c'est celle que je préfère. Je te l'avais déjà dit ?

— Je crois, oui. Mais ça me fait plaisir de le réentendre.

— Tu me manques.

— Toi aussi, tu me manques.

— Tu seras bientôt de retour.

— Demain, j'espère.

— Devine quoi ?

— Quoi ?

— On a vu un rouge-queue noir.

— C'est un oiseau, n'est-ce pas ?

— Oui, Maw. Il était comme toi. Magnifique.

Cette nuit-là, Maureen fut réveillée par le grincement d'une porte. Les rideaux, ouverts, laissaient passer la lumière de la lune, si bien qu'on y voyait comme en plein jour, mais tout baignait dans un léger halo bleuté.

Il était là, assis dans le fauteuil à oreilles, et la regardait. Il avait posé ses vêtements par terre, en veillant à ne pas les froisser.

— David, murmura-t-elle.

— Bonjour, dit-il.

Il était assis les jambes écartées, comme à son habitude, à la façon des garçons qui ont grandi trop vite et se retrouvent prisonniers d'un corps devenu trop étroit. Il portait son grand manteau aux revers larges et couvert d'insignes et ses bottes noires préférées. Il avait les cheveux longs, châtains et aussi épais qu'avant – avant qu'il décide de se raser le crâne. Il avait l'air qu'il avait toujours eu, un peu hagard et malmené par la vie, mais son regard avait quelque chose de perçant. Il n'était ni défoncé ni ivre. Il avait à la main un bouquet d'hiver composé de branches d'hamamélis et du cornouiller écarlate, avec des fougères, du lierre grimpant et du houx. Ses ongles étaient verts.

— C'est toi, David ? C'est vraiment toi, mon fils ?

— Oui, c'est moi.

— Je commençais à croire que je ne te reverrais plus jamais.

— Ah ? fit-il, haussant plusieurs fois les épaules, comme intimidé. Ben oui, c'est moi.

Il se tut, fixant de ses beaux yeux sombres Maureen qui était immobile et ne disait pas un mot. Elle avait peur de rompre le sortilège. Elle se demandait si son bouquet lui était destiné ou s'il lui était tombé par hasard entre les mains.

— Comment vas-tu ? demanda-t-elle enfin.

— Ça va.

— Ma question était un peu absurde, non ?

— Je ne crois pas.

— À une époque, je te parlais. Je m'adressais à toi tout le temps. Je te faisais plus souvent la conversation qu'à n'importe qui. C'est la vérité.

Maureen parlait tout bas, très vite, comme si elle avait peur que les mots ne se tarissent si elle ne les exprimait pas aussitôt qu'ils lui venaient.

— Je te disais tout, tout ce que je faisais, tout ce que je pensais. Et tu m'écoutais. Tu étais d'une patience angélique. Je sais que je ne suis pas très claire. J'aimerais pouvoir te l'expliquer. Mais peut-être que ce n'est pas la peine.

Il hocha la tête. Puis baissa les yeux sur le bouquet et caressa l'inflorescence d'une clématite, duveteuse et blanche, telle une petite pelote de fil.

— Au bout d'un certain temps, j'ai arrêté. Je ne te parlais plus. Ça t'a fait de la peine que j'arrête ? J'aurais dû continuer ? Tu aurais préféré que je continue ?

— T'inquiète.

— Je sais. Je sais, je pose trop de questions. Je suis tellement émue de te voir. J'ai tant de choses à te dire.

Il glissa le bouquet sous son bras et sortit une cigarette de sa poche. Il fit craquer une allumette dont la fumée vira du gris au bleu dans le clair de lune qui filtrait par la fenêtre.

— Qu'est-ce que tu t'es fait au cou ? demanda-t-il.

— Oh. C'est rien.

— Ça a l'air douloureux.

— Je prends des antidouleurs et je dors beaucoup. Je suis un peu groggy.

Il sourit et tira une longue bouffée de sa cigarette, plissant légèrement les yeux en expirant.

— Je loge chez une amie qui s'occupe de moi. Au début je ne l'aimais pas, mais j'avais tort. Kate est une femme formidable. Ça va, honnêtement. Il faut que je me repose ici quelques jours. Je suis coincée. Je l'ai dans l'os… C'est bien comme ça qu'on dit ?

Maureen parlait trop. Elle redoutait qu'il disparaisse si elle s'arrêtait. Dieu du ciel… elle avait déjà l'impression qu'il était moins présent.

— Je ne sais pas si c'est comme ça qu'on dit. Je n'ai jamais été très porté sur ce genre d'expressions.

— David ? Si je reste plus longtemps ici, toi aussi, tu resteras ?

Il eut un nouveau sourire, mais cette fois-ci comme si la question était trop douloureuse pour qu'il puisse y répondre. Il se frotta les yeux avec la jointure de ses doigts. Quand il était petit, se rappelait Maureen, et qu'il faisait ses devoirs, il se frottait ainsi les yeux jusqu'à ce que son visage s'enflamme et que ses genoux tressautent. Cela l'inquiétait, elle avait peur que cette façon de se concentrer, cette volonté féroce d'y arriver, soit une forme d'autopunition. Pourtant, elle se reconnaissait dans ce comportement : elle se souvenait comment, quand elle était jeune, elle voulait partir, voir du pays, échapper à son environnement. Ils étaient faits du même bois, elle et lui. David avait seulement poursuivi ce qu'elle avait commencé.

— J'aurais dû t'acheter un chien.

— Un chien ?

— Oui, mais j'avais peur. Des chiens, je veux dire. Quand j'étais petite, le fermier d'à côté a laissé ses chiens me courir après. Mais toi, tu as toujours voulu avoir un chien.

— Je ne me rappelle pas.

— Tu réclamais souvent un chien.

— Ah bon ?

— Tu ne te rappelles pas le chien qu'on t'a offert pour Noël ? Un truc affreux qui faisait ouah-ouah. Tu le sortais à peine de sa boîte.

Il se mit à rire et elle s'esclaffa, soulagée. Que c'était bon de rire avec lui comme avant ! Ils avaient toujours été complices.

— Je suis allée voir le jardin de Queenie. Tu le connais ?

— Non. Pourquoi le connaîtrais-je ?

— Je ne sais pas. Finalement, je me rends compte que je ne sais pas grand-chose de la vie. Je ne suis qu'une vieille idiote.

Elle pensait au vide qu'elle sentait en elle depuis sa disparition, même après toutes ces années. Elle avait enfin retrouvé son fils, mais elle avait peur parce qu'elle n'était pas sûre de supporter d'être encore séparée de lui.

— Oh ! David. Je n'arrive pas à aller de l'avant. Je suis désolée. C'est à moi que je pense. Je ne veux pas vivre sans toi. Ne me quitte pas encore une fois. Reste.

Il tressaillit, comme si elle l'avait frappé. Elle en avait trop dit. Une fois de plus, sa bouche l'avait trahie, disant ce qu'il ne fallait pas dire. Sa foutue bouche. Et cette fois, ce n'était pas face à une inconnue, mais face à son propre fils.

David descendit du fauteuil, posa son bouquet par terre et se recroquevilla au sol, le menton contre les genoux. Elle avait cru que le bouquet était soigneusement maintenu par une ficelle, mais elle vit toutes les brindilles et les fleurs s'éparpiller. Il ne restait plus qu'un tas de tiges qu'il avait dû cueillir en passant parce qu'il les trouvait jolies. Ou peut-être avait-il juste ramassé des branches à droite et à gauche pour s'occuper les mains.

Il se mit à pleurer, doucement, les genoux serrés et les bras croisés, comme s'il se berçait et ne voulait pas qu'elle le sache.

Maureen glissa de son lit, s'agenouilla à côté de lui et passa un bras autour de ses épaules pour l'attirer contre elle afin qu'il s'y appuie de tout son poids. Elle sentit qu'elle se tordait l'épaule, mais ce n'était rien. Les cheveux de David lui caressaient la joue, et elle reconnut le parfum du shampooing de son adolescence, qui dégageait une légère odeur d'hôpital. Il avait vu une pub à la télé et avait insisté pour qu'elle le lui achète. Ça faisait des années qu'elle n'avait pas senti cette odeur, elle l'avait même oubliée, et voilà qu'elle lui revenait comme ce qu'il y avait de plus tangible dans sa vie, plus tangible que le sol sur lequel elle était agenouillée ou le clair de lune à la fenêtre.

Elle aurait voulu absorber ce parfum en elle pour ne jamais l'oublier. Elle pensait à tout ce qu'elle avait à lui dire. « Comment ai-je pu te laisser partir ? » Elle aurait voulu lui acheter son shampooing préféré, lui demander chaque matin s'il avait bien dormi, lui préparer un œuf, au plat, comme il l'aimait, comprendre ce qu'il avait voulu dire le jour où il lui avait déclaré qu'il aurait voulu être l'invité du monde.

Mais elle ne dit rien parce qu'il la devança. Il lui demanda de l'écouter. Il avait des choses à lui avouer, parce qu'il culpabilisait et que ça l'empêchait d'avancer.

— Désolé, désolé, désolé, répétait-il.

Presque tous les autres mots qu'il prononçait étaient une forme d'excuse.

— Ne t'inquiète pas, dit-elle. N'aie pas peur. Tu peux te confier à moi, mon fils. Je suis là. Bien sûr que je t'écoute. Tu peux me dire tout ce que tu veux. Je reste ici, avec toi.

Il lui avoua que souvent il volait de l'argent dans son sac à main, et il s'en voulait profondément. Il regrettait d'avoir plongé dans la drogue et l'alcool, mais il ne l'avait fait que parce que, pendant un temps, il avait été persuadé qu'il avait un destin hors du commun, et qu'il avait besoin de faire taire la petite voix dans sa tête qui lui serinait qu'il n'était personne. Il se souvenait qu'un jour, quand il était petit, il s'était précipité dans la mer à Bantham Beach alors qu'il ne savait pas nager et il le regrettait. Il regrettait aussi le jour de la remise des diplômes où il les avait laissés attendre deux heures sous un soleil brûlant de sorte qu'ils avaient manqué la cérémonie.

— Je sais, je sais, répondit Maureen. Ce n'est pas grave, mon fils, ne t'en fais pas. Mais je t'en supplie, ne dis pas que tu n'es personne. Parce que ce n'est pas vrai. Tu m'entends ?

Il reprit en avouant qu'en fait il n'avait jamais fini ses études à Cambridge, il avait été exclu et cette histoire de cérémonie de remise des diplômes était un mensonge, et qu'il était un salaud parce qu'elle s'était acheté une robe et Harold s'était offert un nouveau veston, et qu'ils étaient si fiers de lui. Il les avait observés en cachette, dit-il, mais aujourd'hui ça le rendait malade de penser à ce qu'avait dû être pour eux cette attente vaine dans leurs beaux vêtements.

— Je m'en souviens, répondit-elle, ne t'inquiète pas. De toute façon, cette robe était affreuse. Je ne sais pas pourquoi j'avais acheté une horreur pareille. Franchement. J'avais l'air d'une crevette bouillie. Je ne suis même pas sûre que j'aurais osé assister à la cérémonie.

Il avoua qu'il regrettait de s'être rasé le crâne parce qu'il savait à quel point elle en avait été blessée. Puis il lui demanda si elle se souvenait de son chapeau préféré, avec une plume, et elle éclata de rire.

— Oh oui, mon fils, dit-elle, je me souviens de ce chapeau. Il était superbe. Tellement élégant. Tu étais beau comme un milord quand tu le portais. Ne t'inquiète pas, David. Je sais, je sais. Ne t'inquiète pas.

Il avait des milliers de choses à lui dire, mais il avait peur de ne pas y arriver, la charge était trop lourde. Elle avait à peine enregistré un souvenir qu'il en avait un autre, et chaque fois son évocation touchait quelque chose d'enfoui au plus profond d'elle. Il avait adoré la première paire de chaussures qu'elle lui avait achetée quand il avait trois ans (« Je sais, je me souviens »), du reste, est-ce qu'elle se rappelait le bonsaï qu'il avait essayé de faire pousser ? Et elle répondait « oui » en le serrant dans ses bras.

— Tout va bien, David. Je sais. Ne t'inquiète pas.

Elle le serra contre elle encore plus fort. Quand ils étaient debout, elle lui arrivait à peine aux épaules, mais là, ils étaient assis par terre et elle avait l'impression d'être entièrement déployée autour de lui. « Je n'aurai jamais assez d'amour en moi pour entourer cet enfant comme il faut », pensait-elle. Elle lui coiffa les cheveux en arrière et leva son visage vers le sien, mais il commençait déjà à s'effacer. Ses yeux sombres étaient plus flous et ses épaules avaient légèrement diminué.

— Tu es unique, murmura-t-elle. Tu m'entends ? Crois-moi, tu es unique.

Elle resta à ses côtés, pour l'écouter et le serrer dans ses bras, alors qu'elle avait du mal à comprendre ce qu'il disait, jusqu'au moment où elle entendit le chant des oiseaux et se rendit compte qu'elle était dans son lit. Le camion était vide.

Les rideaux étaient tirés. Elle était en chemise de nuit. David n'était pas assis dans le fauteuil à oreilles, elle n'était pas à côté de lui et il n'y avait pas de bouquet d'hiver. Rien ne témoignait de sa présence, pas la moindre odeur de shampooing ni de cendres de cigarette. Ses habits à elle étaient posés sur le bras du fauteuil, là où elle les avait laissés la veille.

Elle était allongée sur le lit tandis que le soleil se levait, diffusant une douce lumière d'hiver. Les oiseaux appelaient le jour en chantant : *Cui cui ! Pic pic pic ! Hou hou !* Bonne journée ! Bonne journée !

14

Un bouquet d’hiver

Après avoir quitté Kate et le campement, Maureen fit quelque chose qui ne lui ressemblait pas. Elle conduisit jusqu’à Hexham et demanda à un inconnu où était la librairie la plus proche. Elle acheta un exemplaire du roman d’Anna Dupree, puis trouva un fleuriste où elle choisit un bouquet d’hiver. Elle ne savait pas pourquoi elle faisait ça, ce n’était tellement pas elle, mais elle le fit quand même. Après tout, ce n’étaient jamais que deux mystères de plus parmi toutes les choses qui lui avaient été incompréhensibles depuis le début de son voyage. Elle posa le livre et le bouquet sur le siège passager et fit demi-tour pour retourner au terrain de golf. Elle les prit et les déposa dans le jardin de Queenie pour sa troisième et dernière visite.

Ses adieux avec Kate avaient été longs et affectueux. Elle ne lui avait pas dit un mot sur sa nuit agitée, mais elle eut l’intuition que Kate avait senti que quelque chose s’était passé quand elle l’avait vue redresser le fauteuil à oreilles et tapoter dessus pour faire disparaître les plis. Elle avait aidé Maureen à faire sa valise et préparé son merveilleux café, qu'elles avaient bu dehors, en manteau, assises sur les chaises en plastique. Elle avait donné à Maureen un sachet de café fraîchement moulu pour Harold, et elles s'étaient promis de rester en contact et de se revoir. Au dernier moment, Kate avait pris son visage entre ses mains et l'avait embrassé avec une telle chaleur, une telle proximité que l'image lui était venue d'un timbre que l'on colle sur une enveloppe. Maureen en avait été à la fois surprise et enchantée.

— Je n'oublierai jamais ces moments où tu étais là, couchée dans mon camion, lui avait déclaré Kate. Quoi qu'il arrive, je garderai toujours ce souvenir de toi.

À présent, elle longeait le terrain de golf en direction des dunes. L'après-midi était bien avancé, mais le soleil perçait et éclairait la terre de ses rayons obliques, étirant les ombres et accrochant çà et là un nuage auquel il donnait l'apparence d'une mandarine scintillant au-dessus de la baie. Le jardin était presque désert, il n'y avait qu'un homme assis à l'autre bout, avec un chapeau, une chasuble protégée par un anorak et un chapelet à la main. Une légère bruine flottait dans l'air, à peine perceptible.

Maureen passa devant la sculpture en bois flotté d'Harold et celle de David, et se dirigea vers la sculpture anonyme avec un creux en guise de cœur. Elle repéra tout de suite un emplacement pour son livre, à côté d'une installation de capsules de bouteilles et de bouchons de liège, et surmontée d'une guirlande de fleurs en papier rose vif.

— J'espère que vous écrirez un nouveau best-seller, Anna Dupree, murmura-t-elle en déposant le livre. Honnêtement. Et j'espère que vous ne m'en voudrez pas si je ne le lis pas.

Elle se tourna ensuite vers le morceau de bois flotté troué dont on disait qu'il n'avait pas de nom. Parce que c'était elle, cette sculpture. Elle en était sûre. Elle l'avait compris pendant la nuit qu'elle avait passée à la maison d'hôtes. Elle s'agenouilla, posa la main sur le trou et sentit qu'il était comblé. Sa douleur avait disparu. Ainsi que sa colère, son ressentiment. Ses mauvaises pensées s'étaient dissipées. Elle s'était trompée : cette sculpture n'était ni un geste agressif de la part de Queenie ni même une preuve de pitié. C'était une preuve de pardon. Queenie avait perçu le chagrin de Maureen le jour où elles s'étaient vues quand elle étendait son linge, elle avait fait ce qu'elle pouvait pour lui trouver une place ; désormais, Maureen savait que la lettre qu'elle avait envoyée à Harold avait été un don, une preuve d'amour. Heureusement qu'elle l'avait mise à l'abri dans une boîte à chaussures. Sans échanger un mot, chacune avait reconnu la perte de l'autre et donné du sens à l'insupportable.

Maureen était agenouillée, seule au milieu du jardin qu'elle avait eu tant de mal à comprendre. Une nouvelle fois les nuages se déchirèrent et une pluie de lumière fondit vers la mer, enflammant des gouttes au passage, si bien que l'air semblait empli de taches d'une blancheur aveuglante. Un faucon crécerelle apparut, luttant contre le vent marin, suspendu comme s'il avait les ailes accrochées. Fascinée, Maureen l'observa tellement longtemps qu'elle se sentit soudain capable de voir aussi loin que lui, et même au-delà.

Face à elle se déployait tout le comté du Northumberland, gonflant et ondulant vers le sud – un patchwork de collines, de plaines, de murs de silex, de champs, de monts et de vaux qui comprenait les Cheviot Hills, la chaîne des Pennines, le Peak District et ses gorges calcaires, le versant occidental et velouté de la forêt de Bowland, les Yorkshire Dales, les Cotswolds ondoyants, les collines de Mendips, des falaises de craie, des fleuves immenses – la Tyne, l'Ouse, la Trent, la Tamise, l'Exe –, des marais, des forêts et des bois, des arbres d'essences variées dont certaines, vues de haut, ressemblaient à de la mousse ou à des algues, des réseaux de routes, de voies ferrées et de canaux, des usines, des entrepôts, des villes qui s'étendaient sans fin, des stations d'épuration et des rejets toxiques, de l'amiante, du plastique, des décharges – et son regard allait jusqu'aux sommets du Dartmoor couverts d'une bruyère mauve et, plus loin, jusqu'à un estuaire bleu et une route bordée de petites maisons dont chacune avait un jardin, où Harold devait observer le ciel et guetter les oiseaux. Maureen imagina que les limites du monde dérivaient lentement et se laissa porter par ce mystérieux mouvement, tandis que son esprit redescendait en tourbillonnant et s'enfonçait dans la terre, à travers des grottes et des galeries où une herbe dense et emmêlée cachait le ciel. Elle suivit l'ancien lit d'une rivière et découvrit des fragments de vieux coquillages enfouis, des scarabées cachés dans des feuilles enroulées sur elles-mêmes, puis continua, de plus en plus loin, traversa un lieu empli de larves enterrées. Elle n'était plus qu'un globe sans yeux dans l'obscurité, à moins qu'elle ne fût un écheveau de racines d'où jaillissaient des radicelles rampantes. Soudain le faucon crécerelle sortit de son champ de vision, la lumière du soleil frappa la surface de la mer, et elle atterrit dans le jardin de Queenie.

— Eh bien, Maureen, se dit-elle en revenant à elle. Maureen… cette fois, tu es complètement partie.

Elle regarda les sculptures en bois flotté et les panicules en forme de parapluies. « Je suis l'invitée du monde », pensa-t-elle. Et alors elle comprit. Elle comprit ce que David avait voulu dire quand il était enfant. Elle avait vécu tout ce temps comme si le monde entier lui était redevable parce que son fils lui avait été arraché alors que d'autres mères avaient été épargnées d'une telle épreuve. Elle pensa à Harold qui guettait les oiseaux, rayonnant de bonheur dès qu'il repérait une gorge-bleue. Vivre une vie entière et s'émerveiller face à une créature minuscule couverte de plumes, pesant à peine plus qu'une pièce… Et si c'était ça, le sens de la vie ? Elle éprouva le choc douloureux de la joie affluant brusquement, comme lorsque le sang vient irriguer de nouveau un membre engourdi. Pardonner : c'était ça, le secret. Le pèlerinage d'Harold, la lettre de Queenie et, désormais, le voyage d'hiver de Maureen. Les carillons, les colliers de pierres et les panicules se balançaient au vent. « Oui ! s'écriaient-ils. Oui, Maureen ! Tout était une question de pardon. » Elle pensa à tous ces inconnus qui avaient trouvé un lieu de repos pour leurs morts. Aux cadenas d'amour, aux croix en papier, aux photos, aux clés, aux fleurs, aux reliques fabriquées à la main, aux centaines de bougies, aux poèmes et aux messages. Pardonne-moi, pardonne-moi d'être en vie alors que tu as été emporté. Où que l'on pose le regard – une station-service, une librairie, une voiture garée au bord de la route –, on ne voyait qu'une solitude insondable, fondamentale ; et quels que soient les moyens que les gens choisissaient pour essayer de se préserver de ce gouffre, toutes leurs tentatives méritaient le respect. De tels gestes n'étaient qu'une façon parmi d'autres de dire la même chose parce qu'il n'y avait pas de mots pour l'exprimer. Car, au bout du compte, il n'y avait pas tant de choses à dire que cela. Au bout du compte, il n'y avait que cette déréliction.

Maureen se releva et déposa son bouquet d'hiver contre le monument en forme de V. Queenie avait bien fait d'ouvrir les portes de son jardin à David. Car il n'était pas le fils perdu de Maureen, il était lui-même. Il n'appartenait à personne, sinon à lui-même.

— Merci, Queenie, murmura-t-elle.

Puis elle se surprit à pleurer.

Peu après, sur le parking, Maureen appela Harold. Elle avait décidé de faire le trajet d'une seule traite et arriverait très tard, d'autant plus qu'elle voulait déposer un mot pour un gardien de nuit qui lui avait rendu service près d'Exeter. Harold n'y vit aucune objection.

— Oui, bien sûr, tu fais bien, dit-il.

Mais il fallait qu'elle soit très prudente et se repose dès qu'elle en avait besoin. Elle pouvait aussi changer d'avis et s'arrêter pour dormir. Il avait hâte de la voir, mais sa sécurité était plus importante que tout.

— Qu'est-ce que vous avez mangé aujourd'hui ? demanda-t-elle.

— On s'est offert un festin, Rex et moi. On a mangé des sandwichs.

— Des sandwichs à quoi ?

— À quoi ?

— Oui.

— Euh… à rien, si je me souviens bien.

— Alors, vous avez mangé du pain ? Du pain sans rien ?

— Je crois, dit-il en riant comme s'il se rendait compte soudain du côté saugrenu de la chose. Tu as entendu ça, Rex ? Du pain sans rien !

Maureen jeta un dernier coup d'œil vers la baie, au-delà du jardin de Queenie. D'infimes changements avaient eu lieu, qu'elle n'avait pas remarqués jusque-là : des petits paquets de bourgeons noirs sur les branches, des pousses à peine visibles au sol, telles des émeraudes éparpillées. Un vent cinglant soufflait. Elle avait encore la nuque un peu sensible, mais elle ne souffrait plus.

Elle s'attarda un moment, hésitant à renoncer à la fin du jour. Elle hésitait même à renoncer à sa solitude. C'était si paisible. Plus loin, le jardin de Queenie ondulait et étincelait. Elle admira les nuages qui se paraient d'or dans un ciel couleur de fougère et la lumière qui s'échappait par vagues alors que le soleil n'était plus qu'un losange à l'horizon. Une volée de minuscules oiseaux bruns fondirent vers un buisson d'hiver en piaillant comme des commères échangeant des potins au coin d'une rue. Que pouvaient-ils se raconter ? Qu'importe, elle était heureuse. Tant de vie, tant de cris de joie ! *Cui cui ! Pic pic pic ! Hou hou !* Elle n'aurait pas pu dire pourquoi – et quand bien même elle l'aurait pu, cela n'avait aucune importance –, mais jamais elle n'avait été aussi heureuse depuis des lustres.

— Maureen, chuchota-t-elle. Maureen, Maureen…

Elle monta dans la voiture pour prendre le chemin du retour.

Remerciements

Il y a un peu plus de dix ans, le manuscrit de mon premier roman a eu la chance de tomber entre les mains de Susanna Wadeson, éditrice chez Doubleday. Depuis, nous travaillons ensemble et nous sommes amies. Mes remerciements vont donc à Susanna pour sa foi, sa sagesse, ses questions et son dévouement qui me permettent d'écrire sur des sujets qui me tiennent à cœur. Ce livre est pour toi, Susanna.

Merci aussi à ma merveilleuse agente, Clare Conville, et à toute l'équipe de Conville & Walsh. Merci à Hazel Orme, à Kate Samano et tous les correcteurs, à Cat Hillerton à la fabrication, à Beci Kelly pour le graphisme, à Emma Burton et Lilly Cox au marketing, à Oli Grant pour la version audio, à Laura Ricchetti et Natasha Photiou pour les ventes à l'étranger, à Tom Chicken, Laura Garrod, Emily Harvey, Neil Green et Elspeth Dougall pour les ventes au Royaume-Uni. Merci à Andrew Davidson pour ses jolies illustrations. Merci à Clio Seraphim, à Kiara Kent et à toute l'équipe de Random House. Merci à ceux qui ont défendu *Harold Fry* il y a des années – Erica Wagner, David Headley, Cathy Retzenbrink, Fanny Blake – et à ceux qui sont toujours aussi généreux. Merci pour tes encouragements sans équivoque, Larry Finlay, et merci aussi à Alison Barrow : sans vos lumières, vos conseils et votre amitié, rien de tout cela n'existerait.

Merci, comme toujours, à ma famille pour son amour. À Sarah Edghill, qui a lu la première version du début de ce livre et a eu le courage de me dire que ça ne marchait pas. (Elle avait raison. J'ai tout repris.) Merci à Niamh Cusack d'avoir lu toutes mes brèves histoires au fil des ans, y compris celles qui étaient des mails.

Merci à mon mari, Paul Venables – ce remerciement-là est d'ordre privé, même s'il est vrai que Paul joue un rôle dans tout ce que j'écris et que sans lui je ne pourrais pas faire ce que je fais. Il est parfois utile et juste de rappeler ce genre de contribution.

Enfin et surtout, mes remerciements vont aux lecteurs et aux lectrices qui me lisent avec tant d'indulgence depuis des années – et me posent des questions qui m'incitent à réfléchir davantage en me faisant part de leurs propres histoires, ainsi qu'aux libraires et aux bibliothécaires grâce à qui nous avons pu lire, même quand nous étions confinés. Ce sont eux, les gardiens du livre. Où serions-nous sans vous ?